日本一年

A Year In Japan

卓玛旺智·安孜 著

天津出版传媒集团
天津古籍出版社
百花文艺出版社

图书在版编目（CIP）数据

日本一年 / 卓玛旺智·安孜著. -- 天津 : 天津古籍出版社, 2020.8
 ISBN 978-7-5528-0984-8

Ⅰ. ①日… Ⅱ. ①卓… Ⅲ. ①游记－作品集－中国－当代 Ⅳ. ①I267.4

中国版本图书馆CIP数据核字(2020)第131770号

日本一年

RI BEN YI NIAN

作　　者：卓玛旺智·安孜
责任编辑：唐　舰
责任校对：金　达
装帧设计：雅迪云印（天津）科技有限公司

出 版 人：张　玮
出版发行：天津古籍出版社
　　　　　天津市西康路 35 号　邮政编码：300051
印　　制：雅迪云印（天津）科技有限公司
经　　销：全国新华书店发行
版　　次：2020 年 8 月第 1 版　2020 年 8 月第 1 次印刷
开　　本：880mm×1270mm　1/32
印　　张：11
字　　数：280 千字
定　　价：69.00 元

自序

2014年10月1日中午1点，我在雅典公寓的门铃被按响。开门，是戴着摩托车头盔的送餐小可。他递过一盒海陆披萨和一包薯条，然后就是一张账单：8.45欧元。我递给他一张10欧元的纸币，说："不用找零。"他抬起右手碰碰胸口，这是希腊乡村里表达谢意的传统方式，然后探头望了一眼我的客厅，说："小姐，你把露台的落地窗关了吧，天气要变了。"

他说的没有错，接下来的几天，雅典刮起了剧烈的北风，气温直降。

2014年10月的最初几天，在我的记忆里是如此深刻，以至于我记得几乎每一个细节。那些天里，我把自己关在雅典硕大的公寓里。交稿的日期临近，我需要对业已完成的文字和图片进行最后一次修正和校订。

这是一本半年前离开北京时我签下的书，是一本关于过往时光和心情的书。

签下这本书的时候，我没有想到几个月后自己的工作会这样繁重匆忙，也没有想到写作近十万字和处理三百多张图片将花费如此大量的时间。雅典的夏天开始得早，过完四月下旬的复活节后，天气就开启了漫长的夏季模式。每天结束工作，我简单潦草地吃过晚饭，就匆匆走到露台，在绿色的真皮双人沙发上坐下，打开膝上的笔记本电脑，开始写作。

这样的状态，从四月末一直持续到十月初。我记得那年10月1日的傍晚，雅典的气候突然转换，刮起八级的北风。楼下的邻居在互道晚安的时候说：夏天就要结束了。

那时我才意识到，在写作人生第一本书的过程中，我不知不觉地度过了在地中海畔的第一个夏天。

在地中海的这个夏天，我细细回忆并写下的，却是在日本的365天。

时间如同兜兜转转地与我开了个玩笑，将两个我长久生活过的异乡连接起来，却又让它们遥不可及地横亘在我生活的两端。

在雅典生活的我，被工作压榨了太多的个人时间，甚至很少有时间外出拍摄。那段时间我驾驶一部樱桃紫和奶白相间的欧宝两门车，为工作穿梭在雅典的大街小巷。我的日程表被安排得满满当当，很多时候精确到了分钟。匆匆开车出门，匆匆赶回办公室或租住的公寓。我没有时间走到阳光下，没有时间去海边吹吹风。很多次驾车时看到街头的人们，看到高高的卫城，也看到地中海恢弘的落日，可是我没有办法拿出相机来拍摄，也没有时间和心情去记录。

那时的我，如同站到了在日本时那个自己的对面。

在东京居住的那段时间，我几乎可以称得上不离相机，快门的轻响几乎伴随了我的每一天。我穿着平底鞋走长长的路，和日本人一样乘坐拥挤的电车，和他们一样在嘈杂的居酒屋里点几份小菜和八海山清酒。那时的我，坚持用手账和微博来记录生活。那时记录的片段和拍摄的影像，构成了我在雅典写作的书稿素材。

时光兜兜转转，与我开着玩笑，却又严肃井然地引领我走上命中注定的道路。我在雅典回溯日本的时光,澎湃起伏又细密沉静地写下在东瀛的心情。那些带着痛楚或快乐回忆的过往,穿越在露台上写作的夜晚,终于被文字和影像定格下来。在日本时那个敏感多思的我,拍下了倏忽而过的 365 个日子;在雅典时焦虑抑郁的我,写下了近 10 万字的心情。远隔千山万水和心路杳渺的两个自己,在跨越数年的时光后,终于联手完成了这一本书。

时间依然兜兜转转,与我开着玩笑。那时的我并不知道,几年之后,我会回到中国,再一次修订这些在雅典写下的文字和整饬过的照片,并回溯在这三个不同国度的心路历程。

现在的我,又如同站在了在雅典时那个自己的对面。

生活安宁清静,每天的日程无非是瑜伽跑步、喝茶插花、写作画画,经常练习声乐,也开始学习乐理。时间慢慢流淌,不再产生焦虑和压力,如果说还有一点不完美,那可能是依然孤独。但现在的我,已经不像在东京时那般伤感,也不似在雅典时那样焦虑。生活中那些复杂的、紧张的、压抑的部分,已经被一点点消解,留下的是沉静和安稳。

早春的天气时雨时晴,我在自己的新工作室里,坐在三米高的大窗下,一张照片接一张照片地审视,一个句子复一个句子地校订。

心境不同,再看当时写下的心情和处理的照片,总觉陌生。很多文字,我觉得太过抑郁;很多图片,我觉得太过暗沉。不禁自问,我曾经真的如此消沉和伤感?

但我也知道答案,文中和图中的黯然神伤、辗转反侧,真实地存在于过往之中。但时间过去,变化必然发生,曾经的文字与照片,很可能都发生了变化。现在的我,能够坦然面对生活的变化,也能够适应从不间断的动荡,更试图体会每一个人心中的苦楚与孤独。现在的这些文字,试图在平淡细碎中触碰到轻安之美,无需再急切地捧出自己那颗破碎的心,让人看到上面密布的裂痕。现在的这些照片,更加冷静客观,摒弃以往过重的饱和与暗角,轻浅的调子也可以表达心情。

时间兜兜转转,为文字、照片和我自身带来变化。在这样的心境下回溯过往,反而更加合宜。因为变化,视角更加客观;因为变化,文字愈求细致。无人打扰的午后,泡一壶清淡的寿眉白茶,我打开常用的后期处理软件,细细地、慢慢地修好一张图。

没有焦急,也没有强烈的预期。这一次的修订,似乎是与自己、与过往的重逢,并最终跨越时空,达成久违的和解。在东京时的心碎难当,在雅典时的焦急绝望,在如今的暖阳下,都变成了细碎的美好。

时光兜兜转转,如同绕了一圈,但又不仅仅是原地打转。在初版跋中,我曾经写道:"过往是我们来到今日的长路,它不会终结,必将延伸辗转,通向不可知的未来。"如今我明白,长路不仅将通向不可知的未来,还将回旋上升,通向更美好的自己。

时光兜兜转转,长路且行且远,愿再次相会在未来的影像和文字中。

目　录

自序

九月	长月·长夜	/ 2
十月	神无·安然	/ 32
十一月	霜月·静谧	/ 62
十二月	师走·忆念	/ 90
一月	睦月·心重	/ 116
二月	如月·如月	/ 146
三月	弥月·无言	/ 168
四月	卯月·更生	/ 194
五月	皋月·谢客	/ 220
六月	水无·氤氲	/ 248
七月	七夕·月上	/ 280
八月	叶月·迢迢	/ 310

九月

长月・长夜

告别中国和既往的生活，来到日本新潟县浦佐市。

异国生活的第一个月，生活简朴单纯，如同抽丝剥茧，观照本心。

开始独自旅行，探索陌生的国度。记录生活和感悟，探索让内心平静的途径。

- 离别
- 浦佐
- 林间
- 真小
- 美术馆

- 不离汉字
- 国际大学行
- 电车上
- 九月
- 宁静

- 八海山
- 沉默
- 食物
- 自行车
- 相机

- 午后雷雨
- 独自旅行
- 越后汤泽
- 雪国馆
- 高原

- 时光
- 淡淡
- 善意的温暖
- 平凡一日
- 日本海

- 此岸彼岸
- 此时彼刻
- 时光的图钉
- 断舍离
- 告别此地

一日　离别

原定 13 点 25 分起飞的 CA167 航班不出所料地遭遇首都机场的惯例延误，静静排队一小时后离开了北京。航程的开始就像我以往任何一次寻常的出行，甚至连我自己都没有意识到：这会是对北京、对中国、对以往生活的一次长久告别。

低头望着舷窗外隐约可见的海面和陆地。海面上有游弋的航船，陆地上有城市和林地、农田交替出现。不知道它们属于哪个国家，甚至没有一丁点线索供我去猜想，哪里是我刚刚离别、还没有开始想念的中国，哪里属于朝鲜韩国，哪里又是我即将抵达的日本。这就是我的旅程，因为表面上和以往的出行太过相似，我成功地哄骗了自己，以为这不是告别，至少不是所谓传统意义上的去国离乡。

真正的旅程也许开始于抵达东京成田机场之后。走出舱门，我就像一尾被放入大海的鱼，自由却有点迷茫。汇入形形色色的旅人中间，例行程序办理入关手续。在潮湿闷热的夜色中转换两次摆渡巴士后，我和并不算硕大却很沉重的行李一起，终于抵达预订好的酒店。从机场到酒店，所有的日本服务人员都彬彬有礼，甚至称得上无微不至。他们一定听得懂我所说的大部分英语，但是没有人用英语回答我的问题。我说英语，他们回答日语，而我们竟然可以在一定程度上沟通。

如是在日本的第一日，乏善可陈地顺利，但在我心底，异国生活的开端并不像写下的这些文字一样简单平淡。

二日 浦佐

酒店窗外的树木长得繁茂,既不同于中国北方的粗放,也不似江南的秀丽。那是一种介乎无人照料的疯长和精心修葺的整洁之间的状态。是的,这就是日本给我的第一印象——一切都呈现得精致完美,同时也带着一丝刻意的不经意。

一个半小时的新干线车程之后,浦佐站伴着青山绿水到来。换乘通学巴士,十五分钟后终于抵达我在日本的第一个目的地:国际大学。

有人在公用厨房里叮当作响地煮饭,有人穿着和式拖鞋噼里啪啦地走过。打开我的房门,一个八叠榻榻米见方的寂静小屋呈现在面前——比我想象得狭促,也比我想象得精巧。

偌大的校园空无一人,大片的绿地延伸开来,渐渐衔接到远处的稻田和青翠的山峦。夜色降临后有微凉的风吹来。此情此景似乎有一种难言的熟悉,恍惚间,我不知今夕何夕,也不知自己所处何地。

三日　林间

借了自行车出行。林间处处可见硕大的乌鸦，绕树三匝。稻田里窸窣作响的是毛色灰暗的浣熊，见到人马上躲起来。

微雨，天空有鹰在盘旋。

路旁溪水潺潺，农人将毛巾搭在颈上，田间遍布金黄，成熟在望。安静的村庄，山林外的警示牌上真的写着："熊出没注意。"

不觉莞尔。

四日　真小

　　浦佐市是蜿蜒在信浓川畔的城市，更确切地说只是个小镇。大名鼎鼎的上越新干线在这里设有一站，浦佐居民说是因为这里出了个伟人："新干线站前立着田中角荣的铜像，这里是他的出生地啊。"其实这个小镇在全日本的知名度相当低，离开新潟县就少有人听说。说是穷乡僻壤有点夸张，不过绝对是荒郊野外小地方。

　　没有课的午后，我骑了自行车出来，寻找地图上标注的寺庙。向西，没有错。路边家家门窗紧闭，是都在睡午觉吧。一路下坡，我骑得顺风顺水，可寺庙的踪影在哪里？日语不灵，实在不好意思登堂入室打听，只好硬着头皮再骑再找。半小时后，一座车站出现在我眼前：小出，原来不知不觉间我已经骑出了浦佐，到了另一个市。

　　掉头回去的路上经过浦佐小学。操场边搭了遮阳帐篷，广播喧哗，我听不懂也猜得出正在召开学校运动会。孩子们在场上操练，家中长辈齐聚帐篷中充当啦啦队。我恍然大悟，终于明白刚才一路家家闭户的原因：全浦佐的人可能都来到这里开运动会啦。

五日　美术馆

惊喜地发现了池田纪念美术馆。

如此之小的市镇上，国民小学的对面，美术馆的存在就是一个国家综合素质最好的体现。

六日　不离汉字

阴天，一个人骑车游荡。

不通日语，来到浦佐后很少与人讲话。每天的衣食住行简单纯粹，牛仔裤、平底鞋；日出即起，黄昏后做瑜伽；八叠榻榻米大小的房间没有电视，从书桌前站起来，

9 | 九月 长月·长夜

转身就能投进床的怀抱;常常一个人骑车上路,半天甚至一天不说一句话;行前打包行李时近乎刻意地没有带上中文书籍,于是连阅读也免了。声色犬马的过去被完全放弃,偶尔回想在国内时的喧嚣热烈,开始觉得有些不可思议。

一个人骑车,渐渐发现自己的变化:慢慢开始习惯左侧的行路规则,也学会在自行车上向路过的每个人致意,动作的幅度介乎点头和鞠躬之间。开始尝试着用刚学会的平假名和片假名拼读见到的广告和指示牌,如果能解其意,会有孩子牙牙学语一般的欢喜。

不觉又骑到了到浦佐市立美术馆。偌大的庭院有锦鲤,有花草,却没有人。水池边有蜿蜒的步道,铺着手作的彩砖。走过去看彩砖上的文字:龙谷寺、驹之岳、越后三山森林公园,都是这个小地方的大景点。

终于在步道的边角找到我就读的国际大学,有长舒一口气的畅快释然,到底还是在汉字中找到了安全感。

七日　国际大学行

到浦佐市役所办理外国人注册手续。同行的是三个印度孟买的男同学，女士则有两位，来自斯里兰卡和菲律宾。

看他们热火朝天地聊天，我却一句插不上嘴。语言是个问题，谁都知道听懂印度口音英语的难度系数，斯里兰卡英语也容易不到哪里去。但更主要的原因是我性格里的人际恐惧。相伴十年的亲人都会在最脆弱无助的时候离弃和伤害，如何可以信任这些不知过往的陌生人？

想起从东京乘新干线来浦佐的路上，也是我们六人同行。在那一个半小时的行程里，印度同学尝试着赠我巧克力，尝试着问我中国的动车高铁，尝试着跟我讨论绿茶和大吉岭红茶的区别。见我不太回答，最后只好尝试着对我笑。他的牙真白啊，我想，试图冲淡心里的尴尬。

大家一起坐在车站等回学校的班车，尴尬依旧。我四下打望，无事可做，只好把镜头对准寂静矗立的站牌。

八日 电车上

对着浦佐火车站的自动售票机，我着实抓耳挠腮了好一阵。是先投币还是先选线路？日文界面只能靠猜，丢了两次硬币都吐出来。好吧，切换成英文的，这回看懂了，可是，谁来告诉我要去的站名，罗马拼音是哪一个啊？解决办法只有一个，我写了站名的繁体字在笔记本上，夹上一张 1000 円的纸币，一起递给车站办公室穿制服的漂亮小妹。片刻后 480 日元的电车票和找零就到了我手上，还附赠一路鞠躬送我到改札口。

电车上有成群结队的中学生，想来是去县府长冈参加了活动回来。男生的制服和动漫《灌篮高手》里一模一样，也都背着硕大的单肩背包。其中一个男孩子，身形高大，颈间搭一条红色毛巾，眉宇间有织田裕二的风采。女生都身着短裙和黑色中筒袜，叽叽喳喳谈笑不停。我邻座的女孩子，在发送短信的间隙，打开粉饼细细补妆。

九日　九月

　　窗外的虫鸣若有似无，全不像几天前的喧闹。回想刚刚抵达国际大学时，漫步在校园成片的樱树下，总惊讶于昆虫的聒噪，听起来似乎是一整棵树在嘶鸣。

　　这完全不同于我以往度过的任何一个九月。家乡的西北小城，九月秋风飒飒，夜间的凉意透窗而来。北京的九月，在经历了三个月暑热的蒸炽后，空气干燥，阳光通透。而这个九月，我是在哪里？

　　这个叫浦佐的城市，在中国充其量只算得上半个自然村。两条十字交叉的主干道，一座新干线车站，三个中等大小的超市和电器商店，再加上两家牙科诊所和一个法律事务所，剩下的就是铁路两边散布的民居。离开北京时我绝对想不到自己会来到这样荒僻的小镇，但就是这么小的市镇，距离国际大学也需要步行50分钟以上。

　　一早换上轻便鞋，我背着相机，沿着校园樱树下的道路慢跑过去。蓦然回头，看到远远的校舍和苍茫的驹之岳山，以及山腰间萦绕的一抹雾岚。

　　这个九月，有我所未曾得见的疏离与安宁。我在路边坐下来，喝一口水壶中冰凉的煎茶。

十日　宁静

连日阴雨,向日葵的花盘腐败变黑。棒球场边的蒲草稀稀落落,波斯菊却开得正好。午后的信浓川畔,大片云朵被疾风带走,河边的长凳上有骑车前来的游客在小憩。毗沙门堂的庭院里有僧侣和信徒在绘制水彩素描,静心池边的水舀上涂着祈愿公司的名字。

长久地坐在大殿前的台阶上,心情前所未有的平和宁静。

十一日　八海山

浦佐的特产是闻名全日本的越光米。我骑车穿过一片片稻田，眼见稻穗日益金黄、越发低垂下去，收获的季节马上就要来临。

米好，水好，酒自然也就好，于是就有了和越光米一样驰名的八海山清酒。

从毗沙门堂参拜回来的路上，我把车子支在路边，走进一家寂静的酒馆。我并不嗜酒，但对旅途中各地的特产酒类一直存有好奇心。在德国小镇吕德斯海姆，我曾畅饮当地著名的冰酒；在首尔大雪飘飘的寒夜，我也就着参鸡汤豪放地喝下真露烧酎。如今一个人站在琳琅满目的清酒坛中间，我鼓起的勇气却只够买下最小瓶装的八海山。

回到房间后开瓶尝试，发现八海山入口柔和，但落胃后却呈现出绵久刚劲的力道。不同于白酒的炽烈，也不同于米酒的清甜。

总觉得那是种落寞疏离的味道。

十二日　沉默

喜欢待在八叠榻榻米大小的房间。

在玄关脱下鞋子，赤脚感受清洁地板的微凉。晴朗的夜里，附近停车场驱蚊灯的光亮透过百叶窗，在床脚投下斑驳的影子。等待浴缸蓄满热水时总有点寥落，水汽一点点晕满卫生间的半身镜。把口鼻浸入水中，轻轻吐气，气泡溢出水面的瞬间，隐约听到远处露台上聚会的喧闹。

长久的沉默会让人对安静产生惯性，喧嚣和热闹开始经常引致头痛，于是更加沉默。

十三日　食物

在公共厨房做晚饭成为生活的一部分。为食物贴好自己的名字和购买日期,放进公用的冰箱。从早到晚,几乎任何时间都有人在烹煮食物。空气里弥漫着难以描述的香料味道。微波炉因为使用得过多,散发出不洁气味。为数众多的电饭锅挤在垃圾桶旁边,安静又热闹地冒出蒸汽。

午夜时分,有人边聊天边在走廊和露台喝酒。

校园餐厅里,味噌汤和鱼料理的午餐定食每日都有,偶尔我会尝试日式炒面,也很喜欢天妇罗和烧饺子。

坐在社区神社旁的长凳上,阳光正好,秋风微凉。拿出背包里的梅子饭团,喝一口冰凉的三得利乌龙茶。

十四日　自行车

常常骑自行车出行。

在北京，它只是一种交通工具；在浦佐，它却更像是一种行为方式。在路上看见美丽的风景，停下踏板，一脚撑地，拉过背包取出相机，几乎成为这段时间我的标志性动作。

结束购物回校园时，夕阳把我和自行车的影子拉得很长。天地之间只是静谧，一切都在原处，只有我、自行车还有风缓缓前行。

十五日　相机

习惯在相机后面眯起右眼,用左眼在取景器中寻觅,然后微微屏住呼吸,按下快门。

越来越享受和依赖于这台相机。旋转调焦变得自然而然,机器已然成为我身体的一部分。有时甚至觉得,它是比身边任何人都更为熟悉、亲近和值得信赖的伴侣。

十六日　午后雷雨

沉闷的雷声响在远方，大朵浓云压在眉梢，北方山边的天空被倏忽的闪电划破。雨却并不急促，似有若无地打湿地面，然后翩然离去，留下更加溽热的空气。我坐在游廊的台阶上，嗅着雨滴拍打地面带来的泥土芳香，心情异常明朗平静。

现在的生活，是对以往的彻底颠覆。没有工作和家务，远离城市的喧嚣嘈杂。只穿最简单的衣服和平底鞋子。食物种类单调贫乏，使用最简单的烹饪方式，完全没有厚重刺激的调味。不使用手机，室内的座机电话也极少发出声响。人际交往降至最低，除了上课和偶尔的聚会，生活浓缩到最简单的原点。

如同抽丝剥茧，看见了自己的本质。去国离乡是洞悉自己最深刻的途径，如果习惯依赖，在异国会更加渴求知己；如果已经形成了自处的人格，那就会更加独立。性情的底色不会因环境和时间的不同而产生锐变。

十七日　独自旅行

与喧闹的团体行动相比,独自上路可能更接近旅行的本质。大群人一起热烈地交谈、合影,更是一种社交。

与在国内相比,语言和习惯的阻隔,以及巨大文化背景差异所构筑的新鲜视角,使旅行的意义更加深刻,对灵魂的滋养更加显著,同时也使旅途更加充满挑战。

十八日　越后汤泽

"穿过县界长长的隧道,便是雪国。夜空下一片白茫茫。"脑海中回响着《雪国》开篇的这句,我走出阳光炽烈的车站。眼前展开一条寂寥的街巷,是彼时川端康成的雪国,是此时暮夏的越后汤泽。

这座因《雪国》中的驹子、高山滑雪场和温泉蜚声日本的小城,在夏日最后的艳阳中,静谧空旷。我慢慢穿越狭长的山谷,独自踱过主街两旁遍布的温泉旅馆。虫鸣声不绝于耳,身边偶尔走过一个和我一样安静的行人。

无人搅扰我的情绪,是完全属于自己的旅程。

十九日　雪国馆

雪国馆距离车站不远,沿着文学散步道三五分钟就能找到。步入其中,20世纪30年代汤泽的生活气息扑面而来。木屋、斗笠、火塘和雪地中赤脚站立的贫苦儿童的照片。

站在驹子蜡像的身后,循着她的视线眺望空无一人的街巷,一种矜持又伤感的滋味反刍在心底,一如自己就是作家笔下的驹子。就是在这里,川端康成身着藏蓝色印花浴衣,在粗花瓷盘里轻轻掸落烟灰,细腻又深沉地写下《雪国》。那时孱弱困顿的他不会想到,这篇文字将如何改变他一生,更不会知道自己描摹的场景将会如何长久且深刻地影响这个叫做越后汤泽的市镇。

二十日　高原

大片素白的云朵迅疾飘移，远处安静挺拔的群山被苍郁的草木覆盖，在忽明忽暗的光线中呈现出冷峻沉寂的样貌。

我和举家出行的日本游客一起搭乘巨大的缆车登上汤泽高原。山间始现秋色，疏疏落落的红叶点缀在浓重的墨绿色中。上山的道路曲折，牧场旁有出售现做冰淇淋的店铺。老人协会的成员在高大的乔木下集体练习水彩写生，也有情侣成双走过。

在海拔 1000 米标高的指示牌旁，我独自坐下来。

二十一日　时光

微凉的风中满是树木的清香，通身漆黑的蜻蜓迅疾飞过。树根上的大片苔藓，爬进我敞开鞋口里的硕大蚂蚁，身边默默盛放不知名的蓝色花朵。

我是谁？我为什么会来到这里？究竟是命运的机缘巧合还是意志的不可抗拒，让我在这样的时刻，以这样的心情，来到这样的地方，不早一分，不晚一秒？

空气中飘来淡淡的柏油气味，和年少时在家乡的火车道边闻到的一模一样。但是这中间的时光，是怎样倏忽而过，又留下了怎样的痕迹？长满蒲草的池塘里有硕大的蝌蚪游动，也许再过三两天，它们就将彻底褪去现在的颜色和形态，再也无法回溯童年。

时光就是这样无情又浓情，它带走一切，却也留下一切。

二十二日　淡淡

在路边免费的足汤泡脚小憩。些许饥饿感和浅淡的倦意,是享受和式温泉的良伴。风已微凉,行人渐少。看天色渐渐黯淡,路灯依次点亮。回望空落的街巷,无所谓悲喜,只是淡淡。

就这样,告别越后汤泽。

二十三日　善意的温暖

我和冷淡的家庭主妇、倦怠的中年男子一起搭乘普通列车，四十分钟后抵达新潟县厅所在地长冈。

并不繁华的城市，乏善可陈的旅行，却因为陌生人的帮助而变得有意义。

长冈车站售票口外的女保安听懂了我的英文求助，帮助我从自动售票机里买出车票。感谢她那明媚的笑容，让我不生一丝尴尬。感谢回程车厢里戴渔夫帽的男士，看到我因为搞不清车站而迷茫，下车前腼腆地递给我一张纸条，那是他半小时前在长冈后越之藏超市的购物小票，背面上用假名和罗马拼音依次写着我接下来将要经过的全部车站的名字。

在陌生的国度，这些点滴的善意散发出无以伦比的温暖。

二十四日　平凡一日

穿过长长的游廊，在食品售卖机前犹豫不定，终于按下炸鸡薯条图片下的按键。一分钟又五十秒后，餐食的香气和包装整齐的食盒一起出现。餐厅中空无一人，我拉开靠窗的藤椅，开始这一天的第一顿饭。

时钟指向早晨七点四十七分。游廊里的温度计显示：气温35摄氏度。

二十五日　日本海

坐在日本友人狭小的汽车后座上，身边不断掠过静寂无人的市镇和顾客寥寥的海产店铺。地势起伏，绿植遍布的山陵无尽延展。

车子驶出漫长的山间隧道，绚烂的阳光瞬间洒向前方路面。日本海，伴着阳光，猝不及防地跃进视野。

二十六日　此岸彼岸

湛蓝的海面上微微有浪花起伏。面西瞭望，视野延伸悠远，依稀看得到佐渡大岛。我渴望看到更为辽远的海对岸，那是我刚刚离别的中国。

此刻我站在海的这边，过往的生活和亲友与我已然远远相隔。小巷的尽头有铁道穿过，路边店铺外有精心养植的盆栽，在烈日下绽放我从未在中国见过的靛蓝花朵。店头迎风招展各色旗幡，假名招牌我还不能读懂，走近橱窗才知其中售卖何物。身着艳丽比基尼的女子擦肩而过，她和我一样有着黑色的直发，我们却因为语言的隔阂，不知彼此心中所想，甚至无法互相问候。

我以为自己曾越过重洋、走过长路，理应对初识和离别都不以为然，甚至早已混淆了他乡和故乡。但此时在这名叫柏崎的海边小镇，我却被浓浓的乡愁和孤独环绕。

二十七日　此时彼刻

附近社区的中学在举行毕业二十周年校友会，车载扬声器里传来南天群星的『真夏の果実』。旋律响起的第一秒，就击穿了我的回忆。

这是他们二十年前哼唱的『真夏の果実』，却也是我二十年前哼唱的《每天爱你多一些》。同样的旋律，不同语言的歌词。那些记忆里缤纷的夏日，伴随这熟悉的旋律，如绚烂的彩蝶翩飞在异国正午的海滩。当年那个脚穿塑料凉鞋，蹚着雨水，在放学路上扑捉蜻蜓，在周记里写下心事，对未来充满懵懂憧憬的自己，似乎穿越时光，站在我的面前。

时空变幻，此刻的我和那个少女之间却已隔着日本海、二十年的时光和长长的心路，只能遥望，再也回不去了。

二十八日　时光的图钉

阴天，我有点倦怠。试图写下什么，却总觉下笔生涩，于是骑车去山脚下的神社门前小坐。

我喜欢的作家说："生命、体验、感受不过是些纸屑，而时间是把它们吹得七零八落的飓风。好在有文字，算是图钉，稍稍地把那些纸屑给固定住。"

我更加幸运，在文字之外还有镜头后的影像，帮我固定倏忽而逝的时光。

二十九日　断舍离

整理衣橱，将无法带走的衣物一一检出。不断奔波、持续动荡，似乎是一直以来我生活的主题。前往，离开，不停循环上演。虽有不舍，但最终也都克服，因为明了时刻迫近，无法逗留。

曾经空阔的房间再次回归洁净，如同我未曾到来。事物并未改变，不同在于心境。这些日夜为我打开了了解日本之门，让我的心情回复平静，便是最大的不同。

将整理出的杂物带去公寓楼下的垃圾房抛掷，看到远远的山上起了雾。

三十日　告别此地

生活回归最单纯，时间却并不因此过得缓慢。一个月过去，草地由绿变黄，晴空被连绵阴雨取代，暑热全然褪去，夜间凉爽安稳降临。

到了我和此地告别之时。

来到日本后的生活如此单纯，让心性逐渐摒弃浮躁，独立的本质开始显现。尝试在日本旅行拍摄，渐渐有了走长路的勇气和信心。

对自我的开掘和对未知的探索，将是今后的课题。

十月　神无・安然

夏日的末梢，离开浦佐来到东京。这是很多人眼中疏离冷淡的大都会，却是我此后温暖安稳的家。

广岛之行，看到经历了创伤与苦痛的城市如今的静谧安然。

- 东京
- 公寓
- 六本木
- 银座
- 和服
- 日本红
- 通路
- 高跟鞋
- 风向
- 江户东京
- 日本画
- 浮世绘
- 广岛首日
- 恬静安然
- 废墟之上
- 千纸鹤
- 路边神社
- 广岛之恋
- 结局
- 元安桥头
- 留心
- 注意
- 广岛城
- 工作自拍
- 烤牡蛎
- 濑户内海
- 线条
- 殊途
- 不变与变
- 绕岛影
- 十月之末

一日　东京

搭乘长途巴士，横穿本州岛，从偏居一隅的浦佐搬到东京来。

公寓坐落在东京湾畔填海新造的台场，附近分布着富士电视台总部和优美的彩虹桥。从静谧的乡村瞬间转换到如此现代的都市，反差巨大。我有些恍惚，一时不能适应。

放下行李的第一件事便是冲到海边拍下一组照片。似乎只有将境况拍下来，我才能让自己确信：这里将是今后我在日本的家。

二日　公寓

新公寓具备我想象中日本居所的一切特点：整齐、清洁、质朴、设计感强烈。

房间入口处有个小小的玄关，铺了铁灰色细碎的地砖。按照日本人的生活习惯，这里是进入室内后脱掉鞋子的地方，如果有快递员来到，这里也是交接钱物的场所。

玄关左手侧是两扇门的壁柜，白色，内部的隔层专门为储放鞋子或者背包而设计，不大不小，四四方方，整整齐齐。壁柜旁是个老式的日立电冰箱，170 立升虽不算大，但作为单身公寓的配备，也算绰绰有余。

紧靠玄关置物架的是卫生间，干湿两进式的格局，外间有洗面池和西式的马桶。三叠的推拉门后是不到一平米的浴室，没有安放浴缸，让我觉得有些许遗憾。卫生间的对面，紧靠冰箱的是开放式厨房。操作台、水槽、电炉一字排开，电炉上方是油烟机，水槽上方有操作灯。微波炉被放在操作台的一角，台面下是巧妙掩藏在柜门后面的三洋滚筒洗衣机。

室内的实木地板条细细长长，虽然已历经十余年的使用，但依然光可鉴人。靠近卫生间的玻璃半窗旁，摆着一张宽度不足九十厘米的单人床。床头的隔板里嵌了阅读灯，床垫下面还有两个硕大的储物抽屉。

房间里有两个白色的落地式壁柜，连接着壁柜的是长长的黑色工作台，工作台上方有固定在墙上的黑色置物架，还有两把椅子和一个直径 70 厘米的白色圆形餐桌。

这些便是我公寓里的全部。朴素简洁，甚至有点过于简单。但对于全部行李只是一个拉杆箱的我来说，已然足够。

三日　六本木

　　天气晴朗，空气里的暑热和潮湿忽然褪去。中城后面的公园里遍布或坐或躺的休闲人群，如同盛大的周末聚会。

　　这里是六本木，是东京繁华的街区，也将是今后很长一段时间我学习工作的所在。六本木高端的商场并非我最感兴趣的，让我惊喜的是这里汇聚了国立新美术馆和富士胶片公司的每周影展。

四日　银座

　　结束一天的工作，离开学校回家时天已擦黑。到达换乘的银座站时，一时兴起决定出去散散步。

　　夜幕低垂，华灯初上，整个银座流光溢彩，如同一个宏大辉煌的梦境。我站在清凉的夜风中心神恍惚，难以相信这繁华的所在竟然变成了日常生活，而仅仅数天之前，我对日本的印象还停留在静谧的乡野山间。

五日　和服

东京街头时常走过身着和服的行人。他们可能是前去参加婚丧嫁娶的仪式，也可能只是寻常地逛街购物。如今的日本，传统在现代社会里依然得以很好的留存，甚至因为有了现代科技的护佑而焕发了更大的魅力。

这些身着和服盛装的人们，走在繁华的东京街头，与传统时代的先民是那么不同；这些身着和服盛装的人们，走在古老的东京街头，又似乎与百年前的江户时代并无不同。时光恍然倒流，又似乎恒远久长，永世绵延。

六日　日本红

日本美学中意饱和对比都不甚强烈的色彩组合，对红色的大面积运用十分少见。但在日本也随时可以看到红色的存在：遍布大街小巷的邮局邮筒，便是酽酽的红。在邮局可以办理的手续相当多，从邮寄信件到收发行李，从汇款到缴费，不一而足，甚至有些老人会借着到邮局里提取养老金的机会相见寒暄，小坐片刻也未为不可。

这样温馨的场景看多了，连我这个外国人也对邮局产生了不同的感受。渐渐地，看到这日本红色，我也有了亲切感。

七日　通路

繁华的巷间有露天咖啡馆。我走得累了,拉张椅子坐了下来。

身后忽然传来刚硬的脚步声,循声望去,在通路的另一端,背着光走来的似乎是一位巡视的警察或保安。

立即下意识把相机调整到黑白模式,拍下这张剪影般的照片。对记录光影的迫切渴望,几乎印刻进我的基因。

八日　高跟鞋

日常工作中，为了便利，我喜爱穿着平底鞋。一双柔软有弹性的慢跑鞋，能够满足我或奔跑或长走的需求。

但这个午后，我忽然心血来潮，蹬上8厘米高跟的鞋子出门。有人说：高跟鞋是女人的战靴，穿上的瞬间便会气场强大。背着沉重相机的我虽感觉多有不便，但还是兴致昂扬地去街拍，并不忘为自己留下一张高跟鞋的特写。

九日　风向

正午时分，到台场海滨公园散步。周遭静谧无人，按动快门的声音分外清晰。我挎着一只明黄的和式手袋，站在风标之下，试图辨识风来的方向，也试图寻找自己即将前往的目标。

忽然明白，无论这风起自何处、去向何方，我所要走的都应当只是属于我的方向。

十日　江户东京

雨天，在江户东京博物馆消磨了整个午后，看一个无名的小城如何一步步变成现今摩登的都市楷模，并形成独有的城市气质。重商、应时而乐和职业精神，是贯穿这座城市百年的灵魂。

博物馆的陈列包括记录四季流转的仪式和祭祀，也包括百余年来人们饮乐戏耍的日常细节。一个繁华辉煌又隐隐落寞的大都会形成史，在观者眼前次第展现开来。

这里是百余年前的江户，这里也是如今的东京。文明的延续流传，被细细密密地记录印刻。

十一日　日本画

日本文化自古以来博采众长，日本画中也常能找到来自其他文化的源流。

日本著名画家、散文家东山魁夷曾说："虽说大和绘式的美构成日本美的典型之一，但是如果没有宋元的水墨画、明清的南画、明治以后传入的西洋画，也许日本画的血脉反而会枯竭。"

十二日　浮世绘

痴迷浮世绘，在歌川和喜多川系列的版画前久久逗留。世俗的喜乐被夸张的色彩和独特的构图定格，美得张扬。

最爱的还是东洲斋写乐。在他之前，浮世绘的题材多为花鸟山水、美人风俗，而东洲斋写乐如同横空出世，开创以夸张的手法表现人物面貌的画风。他的笔下没有俊男美女，但强烈的表现力却让人过目不忘。同样令人不忘的还有他的神秘，目前存世的东洲斋写乐画作共150余幅，统统是在宽政六年（1794年）至七年（1795年）的10个月之间所完成。在此之前，他默默无闻；在此之后，他销声匿迹。美术史家甚至无从断定，他究竟是一个人还是一个创作团队。在东洲斋写乐的时代，他的画风广受质疑，如今却成为浮世绘的集大成代表。

无论关于他真实身份的谜团多么厚重难解，时间流逝，真正的艺术和美透过迷雾，恒久动人。

十三日　广岛首日

广岛站前熙熙攘攘,和任何一座日本城市并无区别。到达的瞬间,我有些小小的失望:这不是我想象中广岛的样子。

前往问讯处索要地图,接待的女士戴着玳瑁眼镜,肩上披着薄薄的开衫,知性优雅。我问她讲英语否,她标准的英伦口音让我惊讶,但更惊讶的是她回答时的自信:"Sure, I do."从这声开朗的"I do"开始,广岛渐渐向我呈现它的与众不同。

十四日 恬静安然

广岛，比我之前的想象更加开阔宁静。河流纵横，阳光明媚，大朵白云在碧空游走。

和平纪念公园有旷然之美，原爆遗址是废墟，在阳光下肃静矗立。元安桥头的艺人演奏热烈的乐曲，街边的人群喜乐安详。宽阔的街道上满是在日本他处少见的 street cars，有轨电车使这座城市充满了浪漫怀旧的情调。

我在内心更新对广岛的印象：这是一座恬静安然的城市。

十五日　废墟之上

不单恬静安然，广岛还是欣欣向荣的整洁都市。但作为人类历史上第一座遭到核爆的城市，广岛的核心区域永久矗立着一座废墟。

1945年8月6日，广岛最黑暗的一页翻开。人类历史上第一颗攻击性原子弹在这座城市上空爆炸，当日遇难者超过8万人，加上后续受害者，累计死者超过14万人。广岛城被瞬间夷为平地，并沦为熊熊火海，其惨状堪称人间地狱。

如今的原爆 Dome，是广岛复建时特意保留下来的遗址。这座西洋式建筑曾是广岛县物产陈列馆，由于正好处于原子弹爆炸的中心，虽然被烈焰焚毁，却免于冲击波的袭击而得以幸存。

战争的残酷在于泯灭了人性的良善，无语的遗址使罪恶昭然。在广岛的艳阳下，看到人性之恶留下的废墟，心底有痛有寒。

十六日　千纸鹤

在遍布广岛的纪念和祈福细节中,最打动我的是一只斑斓的下水井盖。

三种颜色的千纸鹤,简单又充满设计感,一打眼便让人意识到这座城市曾经承受的灾难和苦痛。但图案里没有抱怨和控诉,每个路过的人都能感受到对和平的向往以及对美好的追求。

广岛的心胸在这一只井盖上展现得淋漓尽致,令人顿生敬意。

十七日　路边神社

艳阳炽热,四处无人。下了巴士的我,因为不知方向而迷茫地张望。

巨大的现代建筑旁边,立着一个小小的鸟居,其后是一间社区神社,不动声色地荫蔽着它的所在和四邻。马上虔诚击掌祈愿,但不由得心生疑惑:我这个"外人"也在它的护佑之中吗?

十八日　广岛之恋

因为时节还是夏日之末,我便穿了紧身 T 恤和牛仔长裙。艳阳高照,我戴上大檐遮阳帽。为了更有文艺范儿,出门前还为自己系上了一条素雅的丝巾。

广岛,在我曾经的憧憬里,是一座文艺的城市,因为玛格丽特·杜拉斯,因为她著名的《广岛之恋》。

穿过幽静的地下通道,迎面而来的是碧蓝的天空。广岛城一指在望,周边静谧无人。我的脑海里回响着《广岛之恋》中的一段话:

"这一次,他正面朝她走来。这是最后一次。不过,他站在离她较远的地方。从现在起,她是可望不可及的了。天在下雨。在一家商店的挡雨披檐下。"

忽然伤感起来。

十九日　结局

广岛一派盛夏景象,我却不经意间拍下了落叶。虽是落叶,却没有衰败之意,这座城市平和安然的气质,透过我的镜头跃然呈现。

在不知名的道路上不断行走。走长路,静静思考,可能是今后很长时间我生活的主题。远行、拍摄和思考,目的在于辨识人生的方向。

在路上,每一步都朝向最终的结局。启程的那一刻,便决定了终点。

二十日　元安桥头

　　元安桥距离原爆遗址仅仅百米之遥，但西洋风格的桥头灯和整洁的花岗岩桥面，却如同来自另一个时空。

　　吸引我前来的是悠扬缠绵的琴声。桥头的红伞下，年轻的乐手正在演奏我不知其名的乐器。小哥显然是新手，相当紧张，不时有弹错的情形出现。我站在他对面凝视许久，企图捕捉他目光投射到我镜头的一瞬。腼腆的小哥显然在刻意回避，目光游离四处，就是不肯望向我。于是我只得为他拍下一张看似心不在焉的照片。

　　离开元安桥头后很久，我都一直在责怪自己：怎么居然也腼腆到不曾在他的琴箱里放下一点心意，去安抚他那不知所措的慌张？

二十一日　留心

行走时，我总是习惯性地不时停下来，环顾四处或是低头寻觅。很多好风景就是在这样的打望中出现，比如这只被遗落路边的纸鹤。

不留心，美就可能被视而不见。

二十二日　注意

午后的车道空阔，只有我一个人经过。两面并排的广角视镜下，用汉字书写的"注意"很醒目。

凡有所见，可能皆为暗示。此刻出现在眼中的"注意"二字可能也含有提示我的深意。我所要寻找的道路可能在任何时刻来临，我所要做的应当是保持警醒。时刻提醒自己保持注意，因为当下这一刻可能便是新道路的开端，是启动之前最后的准备。

时刻觉察和保持警醒，不也正是人生的正觉和智慧？

二十三日　广岛城

云团厚重，在大风的裹挟下滚滚而来，又滚滚而去。

广岛城游人寥寥。规整的城堡威严肃立，也确实不是个热闹的所在。1589 年，名将毛利辉元在此地仿照大阪城开始营建，10 年后这座恢弘的大城才宣告竣工。在其后的历史长河中，它曾经历易主之变，也曾获得天皇的临幸。在明治时代浩荡的废藩毁城运动中，广岛城是全日本仅存的六镇台之一。但就是这样历尽劫波，它最终也还是在 1945 年的 8 月 6 日，与大半个广岛一起灰飞烟灭。

如今的城堡，是战后在原址上复建而成。1958 年的广岛几乎还是废墟一片，但人们已经在修复自己家园的同时，最大程度地恢复了广岛城的原貌。

离开时我回头，用黑白色调拍下这座高大城堡。这样深沉硬朗的影调，才不负它厚重的历史。

二十四日　工作自拍

身为一个摄影师，工作时我很少将精力投注在自己身上。在宫岛某家餐厅外有硕大的一面茶色玻璃，借助它的映照，我得以将镜头对准自己以及身后的松树和人力车，留下一张工作中的自拍照。

为了遮蔽烈日戴上的大檐帽几乎挡住了我的整张面孔，便于工作的衬衫和黑色中裤也全无情致。拍下风花雪月照片的摄影师，工作时看起来一点也不浪漫。

二十五日　烤牡蛎

广岛名物是牡蛎。据说由于濑户内海的海水极其纯净，再加上适宜的温度和咸度，这里出产的牡蛎品质上佳。

在宫岛商店街上每走几步便能看到一家牡蛎店。经典的牡蛎料理方法不外乎是生食、炙烤和牡蛎干。据说最上等的牡蛎会被直接撬开生食，稍差一等的用来烤制，而那些干瘪瘦小的，去向就是晾晒制成牡蛎干了。

这不是牡蛎上市的黄金季节，骄傲的店家谢绝提供牡蛎刺身。于是我只能在店头坐下，等着两个帅气的伙计为我用文火将四只牡蛎烤熟。

二十六日　濑户内海

搭乘有轨电车，漫无目的地游荡后，来到终点站广岛港。

面前是著名的濑户内海。在日语里，濑户意指狭窄的海峡。濑户内海是久远之前地质陷落的结果，在这片东西长 440 公里、南北仅宽 5 到 55 公里的海峡里，分布着 500 余座大小岛屿。由于狭窄和海底地貌的复杂，濑户内海也是世界上潮差最大的海域之一。日本开国以来，这里还是西方游客最中意的海景所在。

空旷的码头，黄昏的光线投射在海面上，让一切都洋溢着暖意。这里的一切温柔安宁，不同于我将长久生活的东京湾，那里摩登紧迫，有种犀利之美。我有些无心欣赏濑户内海之美，心底隐隐生起的是乡愁一般的思念。

我思念的，是在东京湾畔的家。

二十七日　线条

　　游人如织的商店街，大家都流连于手办店铺和各色餐馆。不经意抬头，我被头顶铺设的遮阳蓬布深深吸引。这样的线条，匀致醒目，孔隙间透过的天空，在赭黄色的篷布衬托下，蓝得动人。

　　于是不顾众人诧异的眼光，我站在熙攘的人流中不断按动快门，拍下这些打动我心的线条。

二十八日　殊途

在港口等待轮渡，要搭乘的船还未到来。空荡荡的廊桥下，两个女子并肩走过。一个是稚气未脱的中学生，齐肩黑发，脚步轻快；另一个是下班归来的 office lady，连衣裙高跟鞋，神情冷淡倦怠。

两人只是各自前行，未曾相视。在同一座廊桥下，她们似乎走向不同的方向。但谁又知道，数年后，年轻欢快女孩会不会变作另一个朝九晚五的办公室女郎？也许最终是殊途同归。

在她们即将走到廊桥尽头的瞬间，我按下了快门。

二十九日　不变与变

宫岛名列日本三景之一，声名远播，据说是一座人神共享的岛屿。严岛神社建在海中，宏大敞阔。

我坐在神社旁的树荫下，打开一罐清凉的饮料，看潮水渐渐上涨，渐渐淹没神社立柱下的滩涂。自从平安时代，1400 年来的每一日，海水都这样涨了又落，不变的是海水中硕大的鸟居和朱红的神社；1400 年来的每一日，人们也都来了又去，不变的是对美景的倾慕和对信仰的敬意。

周围的游客都在拍摄蓝天碧海间朱红色的大鸟居，我却把相机模式调成了黑白，然后将惯常作为主角的大鸟居置于远景之处。说我标新立异也可，但我记录下的就是我看到的景象。是谁说一定要与 1400 年来的每个人一样？变化有何不可？

三十日　绕岛影

在广岛名园缩景园流连。

这个由藩主浅野家族兴建的微缩景园,据称最初的构想是模仿中国的西湖。亭台楼阁,水榭花草,皆典雅精致。

在板桥上停留,脚下的池水波澜不惊。忽然游来三只硕大的红白锦鲤,嬉戏腾挪。在这异国异乡的庭园中,我忽然想起唐代陆龟蒙的诗句:"层云愁天低,久雨倚槛冷。丝禽藏荷香,锦鲤绕岛影。心将时人乖,道与隐者静。桐阴无深泉,所以逞短绠。"广岛的这个午后,没有久雨和层云,我一样觉得心静。

拍下一张《锦鲤绕岛影》,算作是和这座城市的告别。

三十一日　十月之末

返回东京，在明丽的阳光中恢复工作状态，忙碌。午餐是购自便利店的冷蒸面与烤青花鱼，工作的事情在心里转，有些食不甘味。午后下起淅沥的阵雨，傍晚却显现绚烂的晚霞。回到思念已久的公寓，打开橱柜前的顶灯，在清淡的光线中烹煮蔬菜，窗外再度飘起无声的细雨，我轻轻哼唱起欢快的歌。

十月的收梢就这样到来。

十一月 霜月・静谧

东京的生活平稳展开，旅行和拍摄再度成为主题。

前往夜色如水的横滨，前往精致庄严的日光，也前往古旧阴翳的镰仓。

无论行至何方，静谧感都始终伴随。没有旅伴的旅途绵延辗转，只有相机默无声息的陪伴。

能听到相机的快门声，意味着与热烈嘈杂保持了必要的距离，也让眼中的清冷之景更加纯粹。世间的一切，经由镜头的过滤，无一例外呈现为客体。

滤去喜乐，唯余静谧。

静谧，是每一个拍摄者的护身符；静谧，很可能也是每一个人的护身符。

·波澜不惊	·通学之路	·热烈与清淡	·当时只道是寻常	·横滨
·中华城	·顽皮	·掣肘	·夜色	·东照宫
·神桥	·巨木	·可乐饼	·中禅寺湖	·猴
·盐烤鱼	·日光汤波	·朴素	·男体山	·影
·镰仓	·高德院	·一个人	·阴翳	·静默
·时空	·茶蘼	·和解	·女性	·小说

一日　波澜不惊

渐渐习惯在东京的生活，在中国的过往渐渐隐去，像是呵在冰凉窗上的一口热气，慢慢消失不见。在台场临海的公寓里，我的生活简单洁净。每日早起，天色微明之时，点亮卫生间的顶灯，刷牙沐浴。自己剪了偏分的斜刘海，用细齿梳整理后需要些许喷雾定型。赤脚站在电炉前煎蛋，同时烤制两片吐司。拉开落地窗帘，就着清晨第一缕日光，化淡妆。

云淡风轻，波澜不惊，开始在日本的秋天。

二日　通学之路

早班的百合鸥线乘客稀少，窗外一闪而过的是美丽的彩虹桥。阳光明媚，大朵白云在海面上投下深蓝色的影子。

在汐留转乘大江户线，这是运营超过二十年的都营线路。置身在表情冷淡的东京上班族之中，每个人都在回避别人的视线，手机和报纸成了最好的遮蔽物。有时太过拥挤，我别无选择只好仰望车顶冷调的灯光。

六本木站有深深的月台。跟随人流，搭乘扶梯，静默地排队行走，再换搭另一部扶梯。没有人说话，只有间或鞋跟触地的声音。

沿着茶树夹道的米字旗路，经过尚未开始营业的意大利餐厅、橱窗精美的奢侈品店，和扎着白围裙的店员默默交换一个问候的目光，就看到了国立新美术馆的波浪廓型建筑，我的学校也就到了。

三日　热烈与清淡

学校门口的樱树叶子开始转黄，一株日本枫如同燃烧般在窗外绽放红艳。如此浓重的色彩，让日本的秋天有种炽烈到奋不顾身的美感。

我趿着室内便鞋，端着从售卖机买来的清淡咖啡，在四楼研修室外找到一张空闲的桌子，一个人坐下来。空气里有清新的味道，隐隐有些凉意。我的生活也如是，一个人，静谧，清淡。

秋日的热烈和我生活的清淡互为反差，却也毫不违和。

四日　当时只道是寻常

为了营造简洁的后现代风格，也为了适应日本多地震的地质特点，学校的框架结构几乎全部暴露在外。尤其是楼梯，在大玻璃天窗下以之字型展开，台阶上的每一步，都可以直视五层楼下的一切。

看书疲倦，我从五楼的自修室走出，踱步到这个通透的楼梯前小憩片刻。身后响起沉稳的脚步声，我回头，看到一双剑眉下异常清冽的眼眸。淡淡地向他点了点头，他也只是矜持地问了好。

没有石破天惊的惊艳，也缺少对今后深远影响的察觉。我只是端起相机，静静拍下眼前的寻常景象。

五日　横滨

横滨港外著名的红砖仓库,记录着横滨甚至日本开埠初期的场面。简朴的西式外表是历史遗存,步入其中会被各色餐厅和纪念品商店深深吸引。

我坐在仓库的廊下,看情侣三三两两走过,不时按动快门。时间在不觉间悄悄流逝,我也不觉独自前来的孤独,甚至忘记了自己是在旅途之中。

六日　中华城

每个人的生命中，都有追寻自我、取得认同感的需求，但这却是一条曲折辗转、孤独疲倦的长路，于是很多人试图在固有的文化或是亲友圈子中寻求支撑。海外的华人因为离乡背井、遭遇异域文化冲击，格外容易感受到身为少数族裔的孤独疏离，更容易从熟识的文化环境和餐饮习俗中寻求安全感。

这些年来我去过旧金山、洛杉矶、纽约、火奴鲁鲁的唐人街，今天在横滨再次见到宏大的中华城。同胞们在遥远的异域花费财力心血，营造出自己心灵深处的故乡，只为减少那无时不在的孤独感，如同迷失的小孩想要投入母亲的怀抱。

年少时看到唐人街总觉寻常，如今站在横滨中华城街头却感到酸楚。

七日　顽皮

横滨妈祖庙外有家售卖冰淇淋和大包子的小铺,店家是个娃娃脸的中年女士。我从她手里接过芒果口味的蛋筒,她从我手里接过相机,半开玩笑地拍下了我搞怪的表情。

我俩都有些顽皮。

八日　掣肘

黄昏降临时是光线最美好的时分，正是工作的黄金阶段，我却忽然感到饥饿难耐。手脚冰凉，头脑昏沉。急忙冲去就近的横滨重庆大饭店，买下一个大包。三两口下肚，心慌稍有缓解，这才想起拍下这张剩了一半的甜馒头照片。

任何创作的欲望都抵不过最低的生理需求。年岁渐长，越来越发现身体的掣肘，也越发需要拨付精力，哄好皮囊。

九日　夜色

散步回樱木町时，路遇平和的夜色。暖色的灯光投射在微微起伏的水面上，静谧和浪漫荡漾开来。

这是横滨于我最温柔以待的时分，但告别的时刻也到了。

十日　东照宫

前往日光。

位于枥木县群山环抱中的这座小城，因为有位列世界文化遗产名录的东照宫、二荒山神社和日光山轮王寺而著名。

日光东照宫始建于 1617 年，祭祀的主神是"东照大权现"。如果这个名字令人觉得太陌生，那换个说法就令人了然：1616 年，开创幕府时代的将军德川家康逝世，随后便被尊为幕府的守护神"东照大权现"，次年移葬日光东照宫。称东照宫为德川家康的家庙毫不为过，考虑到东照宫的相殿里还供奉丰臣秀吉和源赖朝，它似乎又不仅仅是一座姓德川的私庙。

东照宫的建筑端庄典雅，精美的木雕和壁画令人绝倒。但不同于其他神社的平和，东照宫里总有些细节让人联想到权势和武力，四百年前那些权倾朝野的愿力，似乎依然在这里游荡。

总觉得这里雕梁画栋的精美，是在试图遮盖权势和武力的冰冷。

十一日　神桥

二荒山神社外有赭红的神桥，配合青山绿水，极为入画。出于保护和观赏的原因，游人只能行走于与神桥平行的另一座石桥。

我站在凡间的石桥上，拍摄一水之隔的神桥。行走于神桥之上的，可能是超越了人世轮回和烦恼苦痛的得道者；而我在石桥上的体悟，也是值得珍惜记取的悲欢。

十二日　巨木

二荒山神社前有夫妻树与亲子树，传说可庇祐夫妻感情与亲子关系。我看到人们纷纷走来，在树木前停留片刻，双手合十恭敬祈福。人们接近它们，是出于发自内心的对幸福的渴念，是因为对这些神木有期待与托付。

这些巨大优雅的树木能够绵延千百年，历尽风雨依然茁壮屹立，已然是世间的奇迹。能够来此目睹尊容就是福报，我又怎能奢求它们更多？

十三日　可乐饼

从日光市前往中禅寺湖，大巴缓慢开上著名的伊吕波坂。

这是有着48个连续转弯的坡道，修建于昭和初年。由于48个弯道暗合脍炙人口的"伊吕波歌"歌词中的48个字，伊吕波坂这个俚称就渐渐流传开来。

车窗外闪过簇簇红叶，一派仲秋景象。和我同乘巴士的都是当地居民，几位中年女士上车后就开始聊起家常，语音不徐不疾。弯道一个接一个，我开始觉得头昏恶心，邻座的阿姨们却还是一如寻常地嬉笑相谈。

不知过了多久才转完这48个弯。下车的时候我面有菜色，赶忙买个热乎乎的可乐饼来暖心暖胃。

十四日　中禅寺湖

中禅寺湖是男体山活火山喷发形成的堰塞湖,湖水幽深清澈,湖面敞阔宁静。

秋风罡硬,湖边寂静无人。海拔近 2000 米的湖区,气温明显低于日光小城。站在湖边片刻,寒意就传递到了心底,让我不愿久留。

中禅寺湖不远处是落差 98 米的华严瀑布。明治 36 年,17 岁的藤村操在瀑布旁边的树上留下名为"严头之感"的绝命辞后自杀,成为厌世精英的代表人物。在他自杀之后的四年里,华严瀑布一共目睹了 85 位蹈死者的尝试。每一起自杀事件,都带给崇尚"出人头地"价值观的明治世代以极大影响。

藤村操的英文老师为此深受精神打击,并渐渐罹患抑郁症。他的名字是:夏目漱石。

如今来到华严瀑布的人们,被阻挡在厚实的金属栅栏后,已无纵身跃下的可能。但几乎每个人都会在此默念那首著名的绝命辞:

悠悠天壤,辽辽古今,
　五尺之躯,想不透如此大哉问。
　贺瑞修之哲学,值多少权威?
　万有之真相,一言以蔽之,即——不可解。
　怀抱胸中之恨,烦闷,最后选择一死,
　既已站在岩上,胸中了无不安。

始知——最大的悲观竟等于最大的乐观。

十五日 猴

中禅寺湖边的商店街寥落萧条。为了躲避呼啸不止的寒风,我逐一拉开店铺的门,一间间逛过去。店家并不热情,招呼有一搭没一搭。我猜想可能是高原居民性情冷淡,也可能是因为此地太过苦寒,生存艰难。

即将跨进一家食品店时,一个出乎意料的身影抢在我前面拉开了店门。我惊诧于日本猕猴的壮硕和对人的熟络,店主却依然冷淡。这样聪明大胆的猴子,他见得多啦。

十六日　盐烤鱼

华严瀑布边有人售卖盐烤湖鱼。我被沉重的相机占据了双手,在摊头逗留片刻,虽然很想买一条,但还是决定拍完瀑布再回来品尝。

谁知一个小时的拍摄结束后,这个烤鱼摊子和售卖的人一起不知去向。世间很多机缘都如此,一经错过,便不会重逢。

所幸我曾拍下照片,所幸我能体悟到这些细碎的道理。

十七日　日光汤波

日光的名产是汤波，日语发音为"yuba"，是类似中国油豆腐皮的食材。这座小城遍布着售卖汤波的店铺，选择太多了，我一家家走过去，渐渐没了主见。

很多时候我们难以做出抉择，并非由于别无选择，而是因为选项的繁杂和内心的迷乱。我们不知道自己所要的究竟是什么，于是迷失在满目纷杂的机会之中。

我决定化繁为简，不去顾及旅行攻略的推荐，也不在意店主的热情招呼。专注于摄影，且行且拍，直到腹中的饥饿感迫切难耐，直接走进一家就近的店铺。

于是我在日光吃到了一碗最美味的汤波盖饭。

十八日　朴素

与东照宫的华美壮观相比，二荒山神社显得黯淡了许多。朴素的建材原色，因为经历了时间的考验而蒙上古旧的气息。

在此拍照的游人远少于在东照宫，也难怪，世间的人还是喜欢辉煌缤纷的居多。如此也好，我可以专心于神社的静谧，被午后投射在青绿屋瓦上的光影迷醉，一张张地拍之不足。

十九日　男体山

这是在中禅寺湖边游荡的又一日。所有的商店都已经逛过，地产料理也品尝数回。百无聊赖，我将镜头对准远景中的男体山。

这座形态优美的大山，又名二荒山、日光山、下野富士。标高2486米的海拔，在日本算得上是高山翘楚之一。大家只知道如今的它静默肃立，却鲜少有人记得它还是一座随时可能爆发的活火山。

男体山火山的上一次爆发，造就了中禅寺湖和华严瀑布，谁又能知道它的下一次爆发会带来什么？

二十日　影

离开日光前,我才想起在这里竟未留下一张自己的照片。一个人静谧的旅途,所有的话都说在心底;一个人静谧地拍摄,没有人是我的摄影师。

于是对着自己孤单的影子拍下一张。大风鼓起我的衣衫,如同张开的裙摆。

二十一日　镰仓

电车抵达镰仓站时，浓云密布。站在车站前狭小的广场边，内心有点不安，也许是因为连日疲劳，也许只是因为即将到来的暴雨。

车站站口的指示牌说明：从此处徒步前往鹤岗八幡宫，需要十分钟。这是浓云笼罩的十分钟，是我从寂寥慌乱中平复自己的十分钟。狭窄杂乱的街巷，在阴暗的天光下呈现奇异的相似。在每个路口，我都迷惘地两向张望；在每个路口，走过身边的似乎都是面目黯淡的路人。

我觉得自己一定有一张写满孤独的脸，脚步也显得沉重。路过街边的店铺橱窗，我装作不经意地打量自己，略感惊讶地发现，其实也没有什么不同，不过是有点疲劳罢了。

我在心底给出解释：很多时候我们太过计较自己的感受，而放大了身心的低潮。

二十二日　高德院

午后来到高德院，这里矗立着日本国宝镰仓大佛。历经了难以计数的地震和海啸后，曾经相伴大佛的随殿都消逝不见，只余被时光打磨得柔和质朴的巨大青铜坐像。

如今环绕大佛的是零落的枫叶和浓郁的秋色，庭院深处有售卖伴手礼的店铺，青铜制的风铃在廊下发出清越之音。三三两两的游人走过，隐约能够听见他们轻声低语。我无人可以说话，也没有讲述或倾听的欲望，只愿站在绚烂的落叶中，静静凝望身边的一切。

三十年前，在西北的荒僻小城，面对被黄沙半掩的石窟佛像，懵懂的我曾合十顶礼；十年前，穿过商贩林集的小巷，抵达西安南郊大兴善寺的庭院，我被瞬间响起的钟声震撼心灵；如今在这如同故乡重来的异乡，佛门的静谧环绕我所有的思绪。

都是生命里难忘的片段，却也都是无需言语的时分。

二十三日 一个人

前往长谷观音寺。沿途的店铺精美别致。反正有大把时间可供消磨,我便悠哉游荡,边走边看。

团鸽造型的铁艺装饰挂在和果子店外,杂物店的货品在秩序井然的木格中整齐陈放,西餐厅的门前种植大片橘树,即将成熟的果实被包裹在麻纸袋中,以抵挡可能到来的寒霜;名叫"浮"的咖啡馆,没有招牌,只是用彩色马赛克玻璃在大门上拼出店名。

我独自走过午后静谧的商店街,在一扇扇橱窗中看见自己的身影。倒也说不上是孤单还是寂寞,最合适的描述可能是个客观的词:一个人。

也许生命里最重要的时分,我们都别无选择,只能一个人面对。穿越黑暗的产道,独自迎来这世上的第一道光亮;至为重要的考试前夜,零碎的睡眠像没有粘性的粳米线条,怎么也拉不长,于是翻身起床,独自在暗夜中不断祷告;站在产房空荡荡的走廊,阵痛像沉闷的大锤,把理智和坚强击得粉碎,至亲被隔在薄薄的门扇之外,只能独自在痛楚的间歇深深喘息;生命的烛火燃尽之时,曾经的眷属财物名望爱恋,统统变得陌生遥远,纵有万般不舍,也只能独自离开,去面对黑暗恐怖的中阴之旅。

一个人,是每个人都不可回避的人生主题。

二十四日　阴翳

八幡宫有悠长的参道，两旁是枝桠虬结的樱树。

大群灰色的鸽子停在光秃的枝梢，久久不动。似乎嫌天色的阴沉还不够，用铅灰色的羽翼再添一笔阴翳。

二十五日　静默

登上漫长的台阶,看到八幡宫的金字牌匾。一束淡淡的阳光透过云层投射下来,洒在静心池外整齐清洁的石子路上。几乎没有游客,我兜转到丸山稻荷社,被一簇浓艳的日本枫点亮视线。

依旧是静默,只听见自己脚步的回响。我从未曾预期自己在日本的旅途会如此孤独安静,不论是在繁华摩登的东京,还是在这清冷古旧的镰仓。面对这出乎意料的静默,我也有些出乎意料的喜悦。

二十六日　时空

八幡宫近道游人不少,天色愈发阴沉,下午茶时分竟有了黄昏的气氛。咖啡馆点亮了店铺外的街灯,明治时期的灯火似乎穿越时空,瞬间回归。

二十七日　荼蘼

热闹的街角有红到荼蘼的藤蔓，小小的叶子绽放出心脏的形状。我被这精巧的造化打动，停住脚步，端起相机，屏住呼吸，按动快门。行人熙来攘往，我能感受到聚焦在自己身上那些不解的眼光。

无法得到他人的理解，可能是最深切的孤独。

二十八日　和解

长久以来的孤独，是灵魂里挥不去的一道伤痕。黯淡的记忆、创痛的过往、生离死别的亲人爱人，在这阴翳古旧的镰仓令我疲惫消沉。

小町通商店街人来人往，但我的孤寂依然。他人的热络与我无关，他人的温暖也似乎无法慰藉到我。看着身边嬉闹的游人，我知道自己别无选择，只能一个人坚强地穿越漫漫长夜一般的寂寥。

独自穿越孤独、抱着坚定的信念去寻求温暖和爱的曙光，是人类必经的道路。质疑或游移毫无意义，胆怯或回避也毫无助益。即便不知光亮将来自哪里，也不知它将于何时到来，只要抱有信念，行走于正道，那就不断坚强地行走，一直走，直到最终冲破黑暗的笼罩。

离开镰仓前终于达成与孤独的和解，是此行最大的收获。

二十九日　女性

女性的生命往往要经历从客体向主体转变的过程。

年幼和年轻的女性，如果不具备极其明确的自我认知，更多的时候是处于被关注、被指引和被消费的境地。年岁渐长，韶华消逝，女性的主体意识也渐渐苏醒。于是会看到渐趋坚定甚至强悍张扬的母亲和祖母，她们不但掌控自己，还力图控制身边男人。

女性的宿命，是悲是喜？

三十日　小说

每日学习和拍摄之外,我开始在晚饭后挤出一些时间创作小说。

心中的故事喷薄欲出,最难以确定的反而是小说的表述方式。如何不断更换视角,透过不同主体把一个庞大、深邃的故事展现开来?动手写作后发现工程浩繁,但每日坚持不辍,渐渐也就看到成果。

小说于是稳步推进。如同抽丝剥茧,把心中坚实的核层层剥开。我逐渐相信文字是有生命的,只要作者施以真挚的心血,文字自会生长。很多时候甚至不需规划或控制,只消坦诚剖开胸怀,文字自会摸索到最合适的方向,如同河流终归汇入海洋。

十二月 师走・忆念

不知不觉，到了年末。

情感分外敏感，不断反思自己的心路。对时光的恩赐心存感激，对行来的每一步无比珍惜。试图寻找内心静谧的源泉，也试图倾听灵魂里最真切的声音。

流连和逗留从来不是生活的主题，终究要迈向漫漫无尽的长路，迎向不可知的前途。

- 游走
- 长路
- 固执
- 椿
- 酒吧
- 传承
- 烟
- 习惯
- 检点
- 香之十德
- 宿命
- 个人化的影像
- 记录
- 幻觉
- 自问自答
- 深秋
- 沉迷
- 恋念
- 黄昏
- 纠缠
- 食物与性格
- 急须
- 假日
- 平安夜
- 富士山
- 宇都宫城
- 波光
- 饺子
- 不寻常
- 劳作
- 善良

一日　游走

德语里有个单词"fernweh",似乎无法翻译成对应的中文词语,大意是迫切想要去远方,对从未去过的陌生之地心怀乡愁般的痛楚眷恋。

我想自己四处游走的缘由可能也是 fernweh。

天性里对自由和开阔的希求,对宏大世界无可遏制的好奇,对广袤人间悲欢离合的渴念,使我不可能止步不前。迈向漫漫无尽的长路,迎向不可知的前途,孤独是必须付出的代价。那些甜蜜的、亲昵的、围炉取暖般的亲情和爱意,可能永远不会成为我生活的主题。

也没什么不好,世间万物皆有代价,为自由付出温暖,算不得不合算。

二日　长路

在无尽的长路上行走，穿越面目或模糊或清晰的城市，被陌生的语言和脸孔包围，心中的忐忑与亢奋并存，如同等待一生中必将到来的悬念。

长路来自我们的过往，并将导向我们所不知的未来。

很少逗留，珍重并珍惜所有路遇。体味沿途悲喜，长路且行且远。

所走过的长路，其实不过是心路迢迢；在路上的每一个遇见，不过是与自己的一再相逢。

三日　固执

无可重复的经历和独一无二的禀赋，使每个人都自成体系。有人因为独立而棱角分明，也有人因为独特而难寻交集。这一切在成年后愈加难以改变，随着年龄增长，内心的壁垒丰厚，适应事物和他人的热情也往往趋向枯竭。

我意识到年岁增长，是发现自己开始不经意地排斥那些与假想中有出入的事物。封存在潜意识中的特定细节，会成为认同和接纳他人的前提。我顽固地认为，理想的爱人应该喜欢热茶多过咖啡，应当在心痛难耐时走向无人的露台吸一支烟而不是任性地向我发脾气，应当在吃荞麦面时搭配柴鱼酱油而不是油醋汁，应当会诉说绵绵情话而不是总与我默默相对……

但哪里有这么多应当，这样假想的爱人不会存在。

四日　椿

如果提名最能够代表日本的花，毫无疑问当选的会是樱花。这个国家的美学和性格，似乎是围绕一年一度盛放的樱花而展开。然而樱花的绽放只有短短一周，即便从冲绳到北海道，一路紧追不断北移的花前线，也不过得享两个月左右的花期。

其实在日本的秋冬，陪伴人们最长久也最家常的花事，来自屋角街边处处可见的椿花。读作"tsubaki"的椿，就是汉语中茶花的一种。可能是我对日本的了解还不够深入，读过的东瀛文学中咏颂花季的文字不少，可对椿花的描写却几乎不曾见到。也许是它的花期太长不值得过分珍惜，也许是它实在太过平凡家常——十二月到三月间，几乎走到哪里都能见到成片盛开的椿花丛。

在东京见过的椿花有浓郁的艳红色、娇柔的浅粉色，白色的似乎也不少。我最钟爱的一丛开在每天通学的必经之路上，走出大江户线六本木站的电梯出口，伴着阳光和新鲜空气一起扑面而来的，就是这一簇艳丽的椿花了。

周末的早晨，我特地带了相机来，围着它拍了又拍，然后轻轻折下一朵，插在了发髻上。

五日　酒吧

　　学校旁边是长长的小巷，遍布餐厅酒吧。这不奇怪，六本木本来就是声色犬马的所在，脱衣舞吧和夜店遍地都是。由于临近的社区中分布着各国使馆，六本木的酒吧和新宿、银座的小酒馆、居酒屋不同，多了些异域风情。意大利酒吧、西班牙餐厅不算少见，印度餐馆里的尼泊尔侍者也不稀奇。有几家脱衣舞吧洋风浓郁，门口不但全无日语标志，就连站在店外招揽生意的都是身高近一米九的黑人店员。天天从门前路过，但那样的店我连多看一眼都不敢。

　　这家古巴风的酒吧烧烤店装修得很有特点，浓浓淡淡的黄色遍布店内店外。我站在门外调整构图，想拍下漂亮的黑铁马灯和原木招牌。顶着大浓妆的女郎突然风风火火地夺门而出，敞开的豹纹大衣和单薄的丝袜衬得我的牛仔裤羽绒服落伍了一个世纪，而且那胸围，啧啧。

　　当然，我并没有将镜头对准她。

六日　传承

奈保尔在谈到故国印度时说："大家都知道东西不是很好，但他们从一个真实或想象的伟大传统中汲取了灵感；他们天生就感受到有一个丰富的古老文化在支撑着他们。"如此的文化尊严，我在日本人身上也感受得到。

但同样作为古老文明的后裔，我们却往往企图与自己的文化传承决裂。我们不再以丰富的过往为自豪，反而迫切地企图摆脱数千年来的清雅独立，以令人生疑的热情去拥抱所谓科技，投入物欲的怀抱。我们越来越少专注于制造和制作的过程，任何工作的开始就要直奔结果而去，急功近利最终指向的是浅薄而非美好。

总觉得这是令人遗憾和怅然的变化。

七日　烟

在新潟八叠榻榻米的和式房间中，许多夜晚陪伴我的都是一包 Mild Seven。烟雾悄悄升腾，寂寞也缭绕起来。

离开新潟后我很少触碰香烟。东京的冷淡和匆忙、喧闹和急迫，似乎都不是将我导向香烟的理由，但偶尔还是会去楼下的便利店买上一包。灰蓝色的烟雾自唇边跃起，幻化成各种形态，袅袅浮过眼前。

这是对孤寂内心最抚慰的时分，不需要任何人，不需要任何言语。

八日　习惯

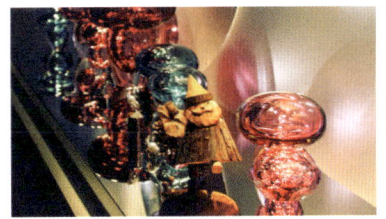

习惯了用镜头记录下生活。和文字一样，影像同样深深烙下个人的印记。面对同样的光影，不同的摄影师会通过镜头透射出不同的个人气质。不同于文字的是，拍摄时的光线和心情不可重复，因此更觉影像珍贵。

作为摄影师，我习惯了与被摄保持一定的距离，也习惯了客观的观察。如此一来在喧嚣中便顾不得热闹，在冷清中也不觉得寂寞，反而会因为距离和冷静而发现更多美好。

九日　检点

检点自己喜爱、购买和获赠的香水，几乎无一例外都是前调锐利清洌、中调醇厚温和、后调缠绵甜蜜的类型，几乎就是我情感和个性的映射。

检点中意的首饰，几乎无一例外都是自己购买。游走于世界各地，遇见不同的人和事，情感最终固化在我购买的饰品上。

经济独立，情感深厚，是我钟爱的人生。

十日　香之十德

时常焚香。室内腾起袅袅烟雾，伴随着沉香或檀香的气味，身心也渐渐安定下来。

日本香道中常引用黄庭坚的香赞之语，言香有十德："感格鬼神；清净身心；能除污垢；能觉睡眠；静中成友；尘里偷闲；多而不厌；寡而为足；久藏不朽；常用无障。"

诚然。

十一日　宿命

　　人在天性里总是倾向于寻觅自己缺失并渴望的东西，于是带有这些特质的人和物就会成为生命中不断闪回的片段。有人爱深邃的眼眸，有人一次次拜倒在孩子气的笑颜中，更多的人将对艺术的渴慕投射到自己仅所能遇到的、略具才华的人身上，似乎因为结识了他或她，自己就与梦想接近了一层。

　　更为深刻的宿命隐藏在举手投足之中。所见、所闻、所感、所言，无一不透出累世的熏习。甚至容颜，都会随着时光荏苒而深深打上命运的印记。乐观的人总是显得年轻，凄苦的面容也绝不是凭空而生。同样的饮食起居却生养出完全不同的言行和观感，这其中的缘起比之化学反应不知要复杂多少。有人于细微处体悟到大义，有人临泰山却完全视而不见。

　　天性在一切时间一切细节彰显，不可遮掩，也无可隐藏，只须面对与接受。

十二日　个人化的影像

影像难以做到客观，摄影师所拍摄的，永远只是他或她想拍摄的。

一切影像都是意象。

我的照片，大致可以分为两类：广角的运用会带来客观性和纪实性，细节丰富质感充实；使用中焦时难以避免情感在成像中的投射，这时我恢复到女性心智，镜头也似乎淡化了机械性能，添加了温情和敏感。

个人化的拍摄，是一直以来的追求。充沛的情绪，让我不是从摄影师的角度去拍摄。按下快门的一刻，我愿自己只是一个敏感多情的女子。

十三日 记录

在旅途中留下记录，是一件享受的事情。我用影像、文字、音乐和情感，记录每一段走过的路程。

十四日 幻觉

罗柏·D·卡普兰描述地中海的夜色："海洋窜出黑夜，显现出深银蓝色，海上的法维尼亚纳岛和莱万佐岛如神话般出现在水面，朦胧有如幻境，像在自己心中的回忆。"

土耳其民谣说："在远方的鼓声呼唤下，我踏上漫长的旅途。每个人都相信自己曾听到急促轰然的鼓声，但那也许不过是心底微弱的回音。"

《圣经·传道书》中写道："光，本是佳美的，眼见日光也是可悦的。人活多年，就当快乐多年；然而也当想到黑暗的日子，因为这日子必多，所要来的都是虚空。"

《心经》里说："色即是空，空即是色。受想行识，亦复如是。"

生命，很可能就是虚空和幻觉。然而即便是幻觉，那也是有意义的幻觉。

十五日　自问自答

写作于我,几乎是一场场自问自答。如果我的写作对他人有些意义,那是因为我们的内心有共同的块垒,我的情感碰巧触动了他人的心弦。

如同夜半投石入深潭,我从未期待回响。不期而来的呼应,有意外的喜悦。

十六日　深秋

没有远行，只在附近兜转。有风，有明媚的暖阳。云开雾散的瞬间，在电车上眺望到富士山。

是东京的深秋了。

十七日　沉迷

长时间的睡眠、静默的长跑和投入的阅读，是我能给予自己的最好享受。

曾经在香烟、酒精里寻求慰藉，不洁和成瘾的生活不能带来快乐；也曾经企图在情爱执着和身体交融中探索天堂的路径，最终证明那是一条通向业力纠缠的道路。

十八日　恋念

不知道从何时起,成了一个对过往念念不忘的人。对既往人、事、物的挂怀,往往源于心灵的伤痛和情感的滞重。

该怎样做一个断弃一切过往的人?是否那样便可以拥有一颗平展如初的心?

是难以回答的问题啊。

十九日　黄昏

　　暮秋的东京湾畔，草木即将完全枯萎。我穿上和式的羊毛外套和轻便的平底船鞋，肩挎相机，去海边。

　　登上台场空旷寥落的炮台，海风愈加猛烈，我的眼眶瞬间被泪水充满，分不清是因为寒冷的风还是因为孤寂的心情，也可能是命运里最不可揣测的部分，像不经意吹进眼角的沙砾一般，带来猝不及防的痛楚和眼泪。

　　黄昏的光线将岸线的曲度定格，周遭寂寥无人。这样的时刻，如同为我和我的镜头天造地设；这样的时刻，唯有投入的工作才能把泪水吹干。

二十日　纠缠

财富、聪颖、美貌、健康、长寿，每一种都来自累世和今生的福报；一切艰难痛楚和种种困苦，来自多劫或一秒前的业报。

祈愿还尽宿业，断尽既往的纠缠，也祈愿今生不再留下缠绵轮回的因。

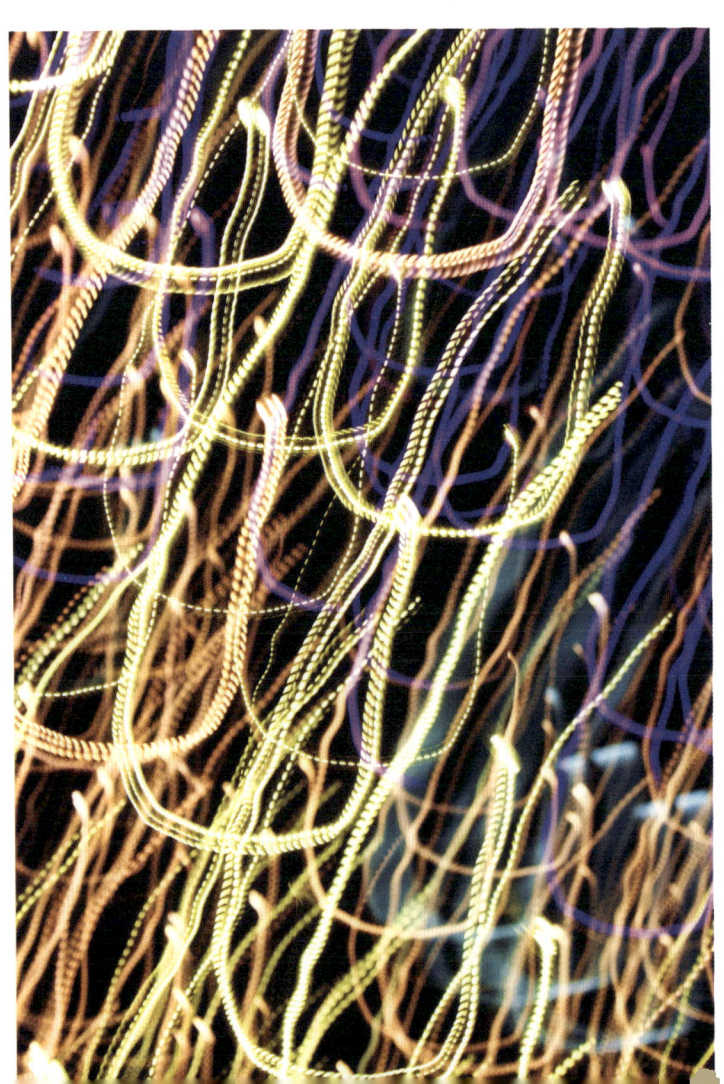

二十一日　食物与性格

　　俄式酸黄瓜清冽酸咸,使人唇齿洁净,犹如年轻蓬勃的生命,在味蕾上绽放开来。

　　南亚腌芒果并不去核,极有嚼劲,浓郁的酸醇滋味从层层叠叠的辛辣香料中探出头来,就如次大陆居民的性格。

　　日式的各种点心精致小巧,糖分适度,只是有些过于清淡,入口常感滋味单薄,也许是年纪和阅历尚不足以使我体味它们的好。

二十二日　急须

　　果然日本茶就是要急须相配。

　　入手了一把370毫升的黑泥深急须,有茶网滤去茶末,倒出的静冈茶汤色纯净,而且耐得起两次冲泡。

　　最美的是茶汤自细细的壶颈中冲出时匀净又自持的水柱,那是茶艺的另一种美。

二十三日　假日

在清洁的厨房里烹制海鲜饭,长米中添加藏红花、牛奶和香料。等待饭熟的同时,在水池边切除鲜花的老叶。房间里有清淡的日本音乐,有焚着的香,窗外有湛蓝通透的天空和巍然挺拔的树。

米香弥漫时,我搬把椅子坐下来。两秒钟前自冰箱中取出的生啤酒罐开始凝结水汽。

二十四日　平安夜

六本木中城后的圣诞灯火点亮，每年圣诞夜这里都是无数情侣的浪漫之地。夹杂在甜蜜熙攘的人群中，我的孤单有点醒目。

手中的相机似乎变得沉重，心底也渐渐有了孤独之感。但我知道，不屈从于荷尔蒙，不败给孤独，不企求温暖，是在情感上必须经过的关口。

二十五日　富士山

　　富士山有端庄匀致的对称感，它在美学意义上几乎超越其他一切峰峦。自江户时代以来，这种端正雅致的美感深植于大和民族的风物之中，影响着有关日本的一切。

　　傍晚回家的途中，在电车站里眺望富士山。

二十六日　宇都宫城

宇都宫市中心，山丘上高高耸立着洁白精巧的城堡。

这里曾是"关东八家"之一宇都宫氏的驻扎地，一族雄踞于此，扼守交通要道，长久称霸一方。但这个家族的命运波折多舛，在作为大名530年的存在史中，不断上演血腥的杀戮和阴暗的密谋，几乎没有片刻安宁。

1868年，宇都宫家族精心营建的城池毁于战火。如今在原地矗立的是二战后市民复建的纪念性建筑。

据说在数百年前的朗日下，站在城头可以遥遥眺望到富士山，于是城头的宫台被命名为"富士见橹"。如今城池和富士山的美景仍在，但那些拼尽心力争斗不止的人，早已湮没在历史的灰烬中。

二十七日　波光

　　世间的一切都可能归于无形,但在内心仍会留下痕迹。强悍的外物,远抵不过感受的绵延。平静如水的心底,可能沉没着一座回忆的圣殿。波光之下有过往的一切,它们静谧无声,辉煌深邃。

二十八日　饺子

宇都宫是著名的饺子城，据说是全日本消费饺子最多的城市。当地观光协会最主要的服务也是推介本地的饺子名店，并精心印制了饺子地图共老饕们按图索骥。

宇都宫饺子多为细长形状，皮薄馅大，馅料中蔬菜的比例明显高于别处，口味也素淡不少。最常见的烹制方法是平锅油煎，非常类似于上海派的锅贴，是为"烧饺子"；也有"水饺子"，是中国人熟悉的做法，但上桌时却也是泡在饺子汤里的；少见的是经过油炸的"扬饺子"，据说出了宇都宫便再难尝到。

唯一的遗憾是难以尽兴。一人份无非五六个，怎么说都是聊解心馋而已。

二十九日　不寻常

寻常的风景，因为箭垛的遮挡而别具意趣。游走的自由，因为体力和精力的限制而更显珍贵。

三十日　劳作

在宇都宫遍寻饺子名店。

"正嗣"地处偏僻，店面狭小，不过五六个座位，慕名的食客常常在门外排起长队。如此有名的饺子专门店只有夫妻二人打理，老先生埋头在料理台后煎煮，似乎世上最重要的事便是用心做好眼前一盘又一盘的饺子；夫人清洁餐具、服务客人的动作麻利干练，道谢告别之时，神情也是肃然。没有商业化的殷勤，也没有工业化的冷淡。他们是最称职的匠人，用心用力呈现自己最好的手艺。

饺子的美味可能我很快会忘记，但他们静默虔诚劳作的态度会一直留存在脑海中。

三十一日　善良

与恶的攻击性不同，善是被动的。因为善良，总是把事物的走向交到对方手中，因为后手，便天然地位于可能被伤害的处境。

但被动承受并不像许多人口中那样处于积极意义的对立面。因为对他人心怀慈悲，所以能将事物走向的决定权安然放入对方手中；因为对自己和命运绝对相信，所以能够坦然直面对方给出的任何开局或结局。这一份对人、对己、对命运的安然，是最大的善良。

因为自身生活的不完美，对世间种种残缺有了怜惜。心灵空前柔软，眼中常含泪水。我知道这是自己向着慈悲迈出的细碎脚步，也因此更爱这个愈发善良的自己。

就这样，来到一年的末梢。

一月　睦月・心重

在红白歌合战的演出中迎来在异国的新年。身边没有亲友，一个人也还是按照日本风俗煮了荞麦面，并为自己斟上一杯金箔清酒。

在增上寺的钟声中许下愿望：愿华美且朴素，坚强且平和，独立且温婉，爱且恕。

- 元日
- 合宜的时机
- 和解
- 痛哭
- 原则与禁忌
- 关东煮
- 慢
- 无用之美
- 收放有控
- 进餐
- 删除
- 取景
- 破败
- 不能被等待的事物
- 真相
- 理想
- 心有戚戚的文字
- 寒意
- 梦境
- 树下新娘
- 休日
- 阴阳
- 弱点
- 模仿
- 减法
- 心境
- 人像
- 焦段
- 情感的质地和温度
- 自律
- 音乐会

一日　元日

阳光正好，无风。庭院的长椅上有人悠闲休憩，天空中不时有鸽群掠过。货轮拖着长长的汽笛声游弋而去，海湾的那一边是依旧繁忙的东京港。不觉恍惚，甚至很难确信这就是我现在的生活。在东京，海滨，安宁平静的早晨，我写下这一年的开篇。

从去年孩子气的短发变为现在过肩的准长发，这一年我的变化并不只是头发短了又长这么简单。

话越说越少，长久的静默成为习惯。因为身处异国，语言的隔阂天然地成为保持沉默的借口。完全摒弃了手机，在这个信息无处不在的时代成为异类。因为静默，内心的声音彰显；也因为静默，开始远离浮躁和喧嚣。

衣着越来越简约，衣物数量的精简和品质的提升同时进行。衣柜内的主色是藏蓝、咖啡和深深浅浅的灰色，偶尔尝试乳白和黑色。开始探索与自身气质更为契合的服饰类型，并形成自己独有的衣饰风格。

饮食清淡简朴。很少食用红肉，惯常的搭配是蘑菇、豆腐和各种海产。饮很多茶，较少喝咖啡。小酌成为习惯，选择的是加州或西班

牙的红酒、日本清酒、梅酒以及啤酒，微醺即可。并非严格的过午不食，但晚餐尽量不晚于午后六点。

走长长的路，几乎总是独自前往。旅途是探索世界和自我的通路，虽然异国旅行并不总是顺利如愿，但每当克服羁绊和困顿、抵达预料之中或之外的目的地时，一切就都值得。

发现影像比之文字更能表达自己。照片是对世界的捕捉，也是自我的投射，并作为对那些永远不会再来的美好时光的记录和纪念。

每日焚香。白檀适合清晨，沉香最宜与临睡前的瑜伽相伴，在袅袅中看见时光化为青烟。

但变化也并非都如此显而易见。

开始认识到人的本性也许难以变更，任何对天性的执拗抗争可能都是徒劳。不再企图修补自身的弱点，开始转向增益本已有之的优点和长处。慢慢学会接受一切，或好或坏，或符合规划或背离期望，我都心存感激。

明白内向与外向的分野不在于话语的多寡或身边是否有人围绕，而在于快乐是源于内在还是外部。当发现内心的平和安宁成为自己最深远的快乐源泉时，坦然接受自己内向的现实。

放弃急迫的功利之心。活在当下，享受生活。知晓人生的魅力和意义都在于过程，而不在于所谓的结果。

还没有准备好去接受任何一种宗教，但尊重信仰，并尊重有坚定信仰的人。

敬重时间，感谢父母。洗手静心，祈福自省。

二日　合宜的时机

相对于年纪而言，此时相遇似乎并不是最合宜的时机。但就如同盛放之后的花朵，因为有些许颓败而更加美丽。阅历留下的痕迹使个人气质更加浓郁，因此这又未必不是最合宜的时机。

你并未意识到，是那些命定的徽记让你关注我。也许你也认为如此相遇不是最合宜的时机，但它让我们不再有追逐的压力和困惑。

因为看透这一切，我觉得清朗安宁。愿你亦然。

三日　和解

适时放弃，妥协承受，与过于强悍的自我达成和解，是成年后每个人都要历经的功课。宽恕别人并最终原谅自己，是达到与自我、与世界和解的唯一出路。

面对真相，是迈向和解的第一步；接受自己，是达成和解的最终关卡。通过接受真相与自我，救赎和调伏那颗顽劣刚硬的心，然后才会走向坦然。

走过的长路，书写的文字，定格的光影，以及不爱与爱的经历，这一切最终都是为了与自己内心的和解。

四日　痛哭

十年来第一次哭泣着入睡。因为突如其来感受到的善意,也因为这善意到来的时间地点。心中最柔软的内核被全无预期却又是注定的善意触动,理智逃遁,压抑已久的情感一触即发。

痛哭,用尽全身力气和全部感情,直至心境平展如水。很多时候情感必须找到出口,否则就会一直在内心奔撞。不知如何用理智化解之时,不妨求诸感情的表达。眼泪是至柔至弱之物,却反而会导向至强至坚的力量。

人有时会更加情愿被感性引领,那是因为理性虽然有力,却不能够带来安慰。很多时候我们冒着风险、忍着痛苦,只为了求得感性里的一丝安慰,只为了换来人际间相互依靠的那一星温暖。

五日　原则与禁忌

年岁渐长,开始在生活的理念和习惯上形成强烈的个人印记。不需要任何人提醒,无须刻意标榜,这些原则和禁忌已经成为个人徽章,牢固相伴,深入骨髓。

不戴或尽量少戴假的首饰,围巾全部是真丝或棉麻材质。

七分饱已够，达到八分就是过量，吃的太多使人愚蠢。

衣服不在于多，在于具有鲜明的个人特色。曾经热烈追求每天的搭配都不重复，现在看来太过张扬。上乘的面料、精良的剪裁，烘托自己独一无二的气质，着装的心得如是。

穿好鞋，可以不必购置太多。

化妆。每天洗澡。餐后即刻刷牙。

走路时挺直脖颈，放松肩膀。

节制欲望，但不遏制欲望。

重要的事情面谈，而不是拨打手机。

每天读书。

每年至少一次长途旅行。独自旅行。

确保自己独立的空间。

睡前瑜伽及打坐。

尊重信仰。相信和接受命运。

乐观。

不浪费时间，但也不匆忙。

有生活情趣。心仪的小物，旅行中遇到的美丽物品，没有实际作用却承载了心情的物件，可以买下。

记录生活。留下图像或者文字。

六日　关东煮

下雨天，很冷。匆匆从学校赶回，没有带伞，从电车站奔回公寓的百余米，浑身被冷雨淋透。

带着满身寒意冲进便利店，打开推拉门的瞬间，温暖的气息扑面而来。没错，是关东煮的味道。柴鱼酱油、味啉以及新鲜食材经过久煮后的味道，伴着暖洋洋的气氛，让瑟缩的我瞬间感受到慰藉。

很多时候食物带来的饱暖愉悦和对身心的慰藉，任何其他事物都无法替代。我暂时忘记自己常年坚持的节食计划，开心地买下一大份杂煮和一个热乎乎的豆沙大包，算是这个清冷冬夜给自己一份的安慰。

七日　慢

昆德拉说："快，是一切浪漫的杀手。"对速度的追求根植在我们的脑海里，不知不觉间毁坏了许多珍贵的事物。

现代的人越来越习惯放弃细密、缓慢、郑重的形式，直奔主题和速战速决，然后快速地离弃。这让我们再也无法享受过程之美，无法感受细节和时间的魅力。然而万事万物，并不是只有结果可供珍惜，那些被忽略的过程，可能蕴藏着更大的意义。

我们忘记了，灵魂走不了物欲那么快，太过匆忙的结果便是遗失自我。据说印第安人赶了三天路后会有一天停下来，他们说这是在等待灵魂赶上来。

而我们，是不是走得太匆忙了？我们的灵魂，是不是遗失在了身后很远的地方？

八日　无用之美

参观东京艺术大学师生在著名的三越百货本店举办的手工展。

细细密密织就的锦缎、用大量报纸折叠而成的鹳鸟,以及用彩色棉线编结的硕大蜻蜓,这些都是观赏性大于实用性的美丽事物。制作的人从未寄望它们在现实生活中发挥器物之用,它们的存在是告诉观者:在平凡之外,每件器物还可能有精致繁复和不计较成本收益的美。

但世间绝大多数的人,恐怕已无法在生活的实用性之外,纳入无用的美学。

对器物的不同观点,终究反映的是我们对待生活的态度。

九日　收放有控

在日本礼节中,分别时主人要站在门口,长久地望着客人的背影,目送离开。如此的告别会令人感到温暖,感到情谊绵长。

但我还是倾向在告别时头也不回地转身离开,挂断电话时也同样坚定果断。这样的决绝不是代表情意断绝,而是一种坚韧与克制。

如果终须告别,就让它有明显的界限。这样的感情收放有控,也就格外审慎郑重。

十日 进餐

在著名的一蓝拉面店进餐。

汤头浓厚,面条筋斗,调味料里有其他日式拉面少见的唐辛子。店内装修特别,食客每人一个小隔间,侍者呈上食物后将客人面前的竹帘放下,营造一个不受任何人打扰的美食空间。

进餐是重要的事情。因为重要,所以更需要态度端正。独自饮食,静默不语,专心体会食物带来的滋味和饱足。对待食物的郑重态度和对待自己的端正态度一样,开始形成我生活里一根渐渐明晰的主线。

也不是不喜欢与人相谈,但那时喜欢佐一杯咖啡或一杯清茶,而不是面对应该郑重以待的食物。

如何食用与食用什么,是同样重要的事情。

十一日　删除

写作时有文字洁癖,在成稿后总是细细阅读,然后一一删除自己认为多余的每一个"我"字与"的"字。

也许在潜意识里觉得,"我"字的存在意味着我执和自我中心。每一次删去这个太过主观的主语,就使文字多了一份冷静和客观。而"的"字在汉语里的地位更为尴尬,很多时候它的存存可有可无,甚至很多时候它的出现还会带来歧义。虽然是口语中最常出现的词汇,但书面语必须不同于日常。

为了保持文字的客观、简洁与正确,有必要摒除口语中的习惯。

十二日　取景

在进行照片的后期制作时，我很少对照片进行剪裁。我的理念是：按下快门的瞬间，留在取景器中的不妨永久留下，如同当时摒弃的无需再次纳入照片之中。

一次快门，便是一次永恒。

我们做出选择，如同照片的取景器，一旦决定形成，便被定格保存，留下痕迹，凝固在时空当中。

一次选择，也可能构成永恒。

对待人生与对待取景一样，都应当十分郑重。

十三日　破败

万物都会走向破败，是必然的规律，人力不可挽回。精心看护不能阻止其暗淡，疏于关照也未必加速其破损。对世间之物的珍惜应当体现在对物的端正态度和充分及时的使用。不必刻意地珍惜，但要郑重地使用，将物的用处发挥到最大处，如此就足够。

至于损毁破败，那是注定会来的结局，早晚而已，无须挂虑。

十四日　不能被等待的事物

西方谚语说："牙痛和爱情不能忍耐。"我还记得另外一句话："爱情和香水不能久存。"

十年前的暗夜里，我坐在空荡荡的房间里独自焦急地等待天明，为的是尽早去医治发炎红肿的智齿；许多寂静的夜晚我独自等待他的到来，一颗心如同悬在半空，不能说出也不能入睡；我桌上三个月前开封的 Ferragamo 香水如今味道古怪，显然已变质。

果然，牙痛、爱情和香水，都是不能被等待的事物。时间一旦过去，它们就不复本来面目，即便再次发生，也是另外一次了。

十五日　真相

爱存在时有多单纯热烈,爱离去后便有多么决绝冷酷。

这是真相,不必心存幻想。

十六日　理想

理想的工作，不是一种谋生方式，而应当是生活的一部分，是对时间如何过去和对生命意义的实践和探索。

理想的人际关系，是能够令心既暖且静。

理想的自我状态，是忘记时间如何过去，是对自己的悲喜不再挂怀，是将自我融入他人。

十七日　心有戚戚的文字

"我只想竭尽全力地投身自己的工作之中。对我而言除了工作便一无所有。我感到自己言犹未尽……常年以来我所期盼的作品，是寂静的观照，素材的纯化，以及孤独的境地。而我的反省，却要将我折磨致死。"

这是林芙美子的文字，是让我心有戚戚的文字。

十八日　寒意

天气湿寒。

办公室和电车站里暖气充足,身着短裙和单薄的丝袜尚可忍受,但在凄风苦雨中行走在积水的步行道上,想着家中冰箱已空,电费余额也不足以支撑一天的空调消费,心底的寒意就席卷全身。一个人在异国的生活充满挑战,语言、文化、习俗以及经济状况,琐碎的细节都会被扩大突显,成为无法回避的现实问题。

将湿漉漉的透明雨伞放在家门口的伞架,这曾是《东京爱情故事》里最打动我的细节之一。如今发生在自己身上,迎面而来的却不是永尾完治矜持腼腆的笑颜,而是光线暗淡的单身公寓。

现实的寒意,有时比我想象得更加浓重。

十九日　梦境

夜半心区绞痛，醒来后靠着床头静静坐了许久。刚才的梦境支离破碎，每一个我爱过的人都出现在其中。他们全都微笑着，一切似乎都停留在我们关系最美好的时分。那些破败纷扰、不堪回首和不告而别，只在我惊醒后才回到脑海里。

在半醒的懵懂中我明白，这些年里身边来了又去的人都曾经给予我他们所能够给予的。我的痛苦和不满，并非源于他们吝于付出。他们已经竭尽所能，是我的意念太快、贪恋太广，已非他们力之所及。

对他们和他们给予我的一切，微笑道别并心存感谢才是应有的态度。

二十日　树下新娘

冬日的浜离宫清雅安宁。难得晴日，空气里隐隐有些雾气，是个明媚和萧瑟兼具的早晨。

从一座小小的山丘后兜转过来，我的眼前忽然一亮：如盖的松树下，亭亭立着一位盛装的和服新娘。

想来是在这里拍摄结婚照的吧，但新郎和摄影师却不知去向。女子一人在树下静静站立，不时左右张望。和服宽衣大袖，色彩华美，难挡新娘流露出的些许落寞。

悄悄拍下这个娴静的女子，愿镜头中缺失的新郎先生在今后的生活中能够不负她的耐心等待。

二十一日　休日

整个一月，我的日程表排得满满当当。论文、考试、行政手续和购物计划，密密麻麻地挤满了手账的每一页。

天气也总是有点阴沉，光线黯淡，气温低迷，不是适合出游的季节。

周日的午后，终于从厚厚的论文资料中抽身出来，套上羊毛大衣，带着相机直奔麻布十番。在拍完浓云下的东京塔后，开心地奖励自己一顿饱足的意大利餐。

这才是休日应有的样子。

二十二日　阴阳

作为追逐光影的摄影师，我曾经习惯将镜头另一端的世界分为阴阳两面。阳的部分，是强悍、智慧、美丽、富有、健全……一切居于主流价值观的美好词语，都在阳光下熠熠发亮。阴的部分，是那些主流的对立面，是那些被我们有心或无心遮掩的事实。那些不美的、贫瘠的、残缺的、未开化的，统统被冠以弱势的标签，掩藏在阴翳之下。

时间过去，心智成熟，现在的我开始相信：与阳光下的明亮相比，阴暗世界中的细节更为丰富，却也更难以掌控。也许我还不能完全赞同愈黑愈美丽的观念，但也已经意识到：如同白昼与黑夜总是交替轮换，阳光下的一切也需要阴影的相生相伴。

失去了暗和弱的衬托，这世上的光明与强悍又有何意义？

二十三日　弱点

连日肩背酸痛，无法久坐，两眼的干涩也迫使我缩短凝视显示器的时间。年岁渐长，终于意识到自己的弱点。

曾经恣意轻狂，生活里的一切障碍似乎都能够被克服。我觉得自己强健、快乐得如同一道光，划破周遭的夜空。但如同天空中星体的流转，忽然间某一刻降临，世界改变了模样。阳光收敛了范围，在阴影笼罩之下我开始看到自己的弱点与痛楚。

弱势带来痛苦，带来深切的无力感。但同时弱势也让我明白，如果灵魂有出口，那出口一定不是在强的一面。

二十四日　模仿

写作和摄影的过程中常有灵感枯竭的时刻，下笔枯涩无味，端着相机满目茫然。生活如同失去了色彩的负片，也像丢失了温度的咖啡，让人不知所以。

作为一个拍摄和写作者，这是我最为恐惧的时分。深深感到自己能力的局限，感到缪斯钟情的不可捉摸。巨大的自我质疑一次次升腾，我被惶惑追赶得无处可逃。

但所幸还能够模仿。无数前辈大师用自己的作品树立了丰碑，如同迷雾中的明灯。我如今的困惑，他们一样曾经面对；我如今企图突破的困囿，他们已经走出，并用作品安放了典范和里程碑，让后来者一次次敬仰地经过，继而走出属于自己的新道路。

于是我前往国立新美术馆去观看梵·高真迹展。在熟识的向日葵、星空和盘旋的黑色鸦群的感召下，我拍了一组色彩浓郁、反差强烈的照片，命名为"向文森特·威廉·梵·高致敬"。

二十五日　减法

岁数增长，渐渐摆脱一些小女孩习气。在购物时总是提醒自己：远离蕾丝和繁复的花边，尽量选择质地精良、剪裁精当的衣饰。年纪和阅历让人褪去浮躁，更加中意简单明了。

摄影亦然。越来越喜欢简洁的构图和强烈的对比。对过于复杂的构图和炫技般的后期效果产生抵触。取景器里不应该也不必容纳太多"故事"，一幅图中如果能够有一个"刺点"，让人过目不忘便是上佳效果。

年龄和技法上的成熟，都需要学会做减法而不是加法。

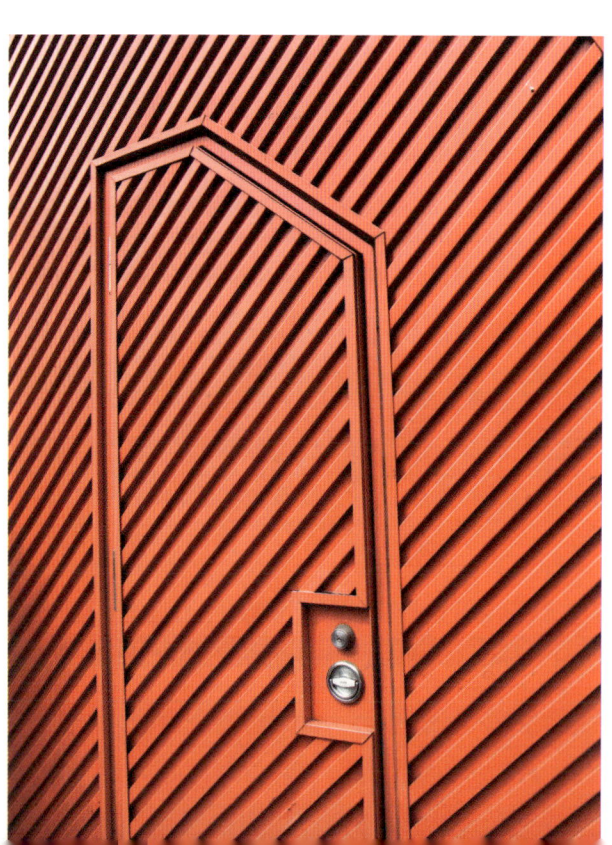

二十六日　心境

微雨黄昏，一个人在阳台，看大风卷携着云朵翻飞，有倏忽变幻、波诡云谲之感。

其实心境的转换绝不慢于眼前的景象，心动的速度也许总是快于风动。很多时候我以为自己准备好了拍下什么，但瞬间情绪变化，合适的心境便不复存在。

还是不够成熟的表现。作为一个称职的摄影师，心境的平稳是必备的职业素养。无论是拍摄突发新闻还是隽永的风景，镜头后面都应当是敏锐的眼睛和冷静的头脑。没有仓促，没有慌张，也没有炫耀和亢奋。照片是载体，它记载的不仅是瞬间的画面，还有拍摄者的心境和意境。

摄影师的心识都会体现在照片中，这点毋庸置疑。

二十七日　人像

我很少拍摄人像。总觉得面对镜头前的人物，犹如面对一条漫延辗转的长路，任何片段的截取都不能传达真相的万分之一。

我想是因为自己太过贪心，总企图在一张照片中表达太多；也是因为自己的技艺不逮，无法创作出如经典油画般隽永深刻的人物作品。

但也许根本在于人性的复杂？如同云中见首不见尾的龙族，总是难以得见全貌。我无力改变外部因缘，只能祈愿自己的技艺长进，于鳞爪中窥见翻云覆雨的神兽真颜。

二十八日　焦段

入手长焦镜头，如同试穿新鞋子，喜欢却不习惯。

几年的拍摄经历，让我意识到自己对焦段的偏好。数年前开始数码摄影时使用 18-55 毫米标准变焦镜头，算不上得心应手倒也颇为适应。偶尔拍摄人物我会使用 50 毫米的定焦，就如同用自己的眼睛直接面对模特。斟酌再三购入了昂贵的长焦段变焦镜头，不知为什么让我觉得陌生，拍摄时的进退失据让我颇感尴尬。现在运用最多的是 35 毫米的准广角镜头，无论是面对恢弘的建筑还是街拍人物，我都感到驾轻就熟。

想起自己幼年第一次触摸相机时，似乎就是一只 35 毫米定焦镜头。一语成谶，一个早年的镜头也可以注定摄影风格。

二十九日　情感的质地和温度

情感有质地，有温度。

有人的心灵透明如镜，水晶般清澈。有人的内在如同花岗岩，虽然粗粝却有着浑厚的质地。有人的行为如同熊熊燃烧的火焰，遥遥相对便给予热度。也有人冰冷如铁，无论如何贴近也不可能使之温暖。

不同的对方给予不同的感情，每一段情感都独一无二。

三十日　自律

看到一段话："自律，是对目前处境的婉转抗议，是对更好自己的隐隐向往。"

深以为然。

三十一日　音乐会

学院组织了美声音乐会,听众是师生和附近社区的居民。

台上花腔女高音唱得好美,听不懂歌词的我心不在焉。举起相机拍下前排同学招风耳的剪影,快门声把学院工作人员招了来,匆匆跑到我面前沉默地做了个双臂交叉的"NO"手势。如果他知道我拍的是什么,还会这般严肃么?

我想自己是有点调皮了。

二月　如月・如月

二月的东京寒意浓重,在异国度过春节,真切地感受到异乡人的孤单。但生活未曾因为我在意的节庆而产生分毫变化,也算是一种入乡随俗。

两个小时的飞行航程之外是浓云密布的冲绳,在这座命运多舛的岛屿送走日本最寒冷的日子。

- 嫉妒与羡慕
- 忍耐
- 强弱
- 异国春节
- 味噌汤
- 网不住的辉煌
- 首里城
- 琉球舞者
- 坚韧
- 早樱
- 石敢当
- 岛民
- 夫妻岩
- 风狮爷
- 节制
- 自我
- 寒
- 贝
- 悬崖
- 栈桥
- 暖带低压
- 花开的声音
- 痛苦与灵感
- 冒险
- 你知道和不知道的
- 非常
- 谨慎
- 写作

一日　嫉妒与羡慕

最初我嫉妒生活平滑如镜，完全不被千层丝绒下一粒豌豆打扰的王子公主，如是不可得，于是羡慕生活小有波澜，但最终都安稳度过的平凡人生，如是亦不可得，于是转而追寻阅尽千帆、苦乐自知、癫狂和肃穆兼而有之的狂人智者。

二日　忍耐

年龄渐长，愈加发现忍耐在生活中的重要。

年少时凡事皆不以为然，心浮气傲志向高远，似乎没有办不到和去不了。但命运的乖张和造化的拨弄渐渐让人有了敬畏之心，也便有了忍受的耐心。

忍耐让身心背负了许多过往，所幸脚步虽然沉重，却一直没有停歇。每一步前行都需要付出努力，数年来一直有逆风行走的疲倦感。于是一直不断鼓励自己：跃出海面之前，需要长久的屏息和忍耐。

以后的岁月，我想还是会继续忍耐，继续行走，继续飘荡在不同的陌生人身边。

三日　强弱

很多人在灵魂里向往强大的伴侣，现实中却倾向爱恋不那么完美强悍的人。也许是因为在潜意识中期望通过与世界、与他人的斗争来获取对自身的认知和认可，借由战胜弱者来获得战胜自己的信心，即便身处爱恋之中胜负心依然膨胀。也有人以为在与外界、与他人的斗争中，可以标榜自己勇士般的姿态和观点，令自我感觉强大，并获取存在的重要性。

但强与弱其实是一体两面，在追求外在强大的时候，无法掩饰的是内在的脆弱。

四日　异国春节

今天是中国的除夕。结束一天繁忙的功课和工作，我独自回到三十平米的房间。

这是东京再寻常不过的一个黄昏，我身边的日本人一如寻常地工作、神情平淡地搭乘电车、静默安然地到超市购物。打开电视也一如寻常，无非是家长里短的厨艺节目和热闹琐碎的综艺节目。

然而微博和国内网站铺面而来却是喜庆的祝福和团聚的快乐。缤纷的色彩和夸张的音效，让人难免沾染喜气洋洋的状态。这两厢的反差是如此巨大，大到让我困惑，不知哪一个更加真实：是网络空间传来的热烈祝福，还是身边这清冷的平凡冬夜。

这是我在异国他乡度过的第一个春节。曾经设想去中国城庆祝，也有留学生朋友邀请我聚餐。但除夕真的降临，我觉得一个人完成必要的工作、回家做上一顿清淡的晚饭，也未为不可。

甚至可能更好，这标志着我在入乡随俗的路上迈出了一大步。

五日　味噌汤

初一清晨，我的中国新年从朴素的一餐开始。简单的白饭和咸菜，以及清爽的乌冬面，是最暖心暖胃的食物。

但其实我钟爱的却是没有拍下来的味噌汤。

在日本，白米饭搭配味噌汤是最标准的和式早餐，很多主妇几乎每天早晨都要熬制新鲜的味噌汤。汤里搭配的食材随着时令变化，但也有些固定因循的套路，比如新鲜面筋搭配白味噌和葱末，金针菇、香菇搭配红味噌等。我喜欢爱的组合是豆腐、海带芽加上纪州白味噌，并且会在汤里稍稍加入一点芥末。

与出身味噌大本营关西的日本友人说起我这个小偏好，他的感慨是："你懂的还真不少啊。"

六日　网不住的辉煌

网的那一边，隐约可见著名的大船宗谷号。

这是一艘命运叵测、经历曲折又辉煌的舰船。1938 年，当时名为"地领丸"的宗谷号以商船身份下水；1940 年"地领丸"被纳入军籍，改名"宗谷号"；1956 年，为完成日本首次南极科考任务，宗谷号被改装成南极勘测船；在 6 次完成科考任务后，宗谷号再次被改装，成为配属北海道的巡视船，累计搭救被暴风雪和浮冰围困的 19 艘渔船；1978 年，这艘光荣伟大的船终于退役，一年后，它停泊进终身锚地，成为我在东京台场的邻居。

怀着敬仰，我拍下它在网后模糊的影像。它的辉煌，无法遮掩。

七日　首里城

　　浓云和细雨笼罩下的冲绳大岛,并非是想象中的热带岛屿。机舱门打开,劲烈的海风带着雨丝扑面而来,同样扑面而来的还有凉意和落寞。

　　这里是如今的那霸,是曾经的首里城。

　　因为曾经作为中国的附属国,琉球的首都首里城中处处有中国的印记。与中国无二的建筑,汉字写就的册封文书,甚至冲绳本地话里对来自中国的舶来品西瓜还使用着汉语的发音。这座城,无处不见汉文化的滥觞。长久浸淫的结果是年长的岛民至今对日本人身份仍然无法完全认同,不愿屈就为日本最落后的县民。但面对日渐消亡的琉球方言和割据全岛的美军基地,他们更多的只能是无奈。冲绳著名的民谣歌手嘉手苅林昌在《世代流传》中悲伤地唱道:"从中国的时代到日本的时代,又从日本的时代到美国的时代,冲绳真是瞬息万变啊。"辗转腾挪在身边变换更迭的强者羽翼之下,其中的屈辱与挣扎,岂是一首歌能够唱尽。

　　在首里城头,几乎能够望到整个那霸。冷风吹过,满心感受的都是寒意。波折的历史和刚烈的民风,让这座岛屿充满了悲剧的气息。

八日　琉球舞者

中国式的庭院里处处是与日本本土一样的和式木屋，曲折的小道通向僻静的茶室。带游廊的邻水大屋里，上演一场冲绳当地的乡土歌舞表演。这个古称琉球的岛屿，凄风苦雨似乎与在强权夹缝中攀附依赖的历史一样，内化进了岛民的性格。

苦涩、悲壮和曲折跌宕的历史，在舞蹈和歌曲中处处体现。同样的宽服大袖，这里没有日本本土的优雅秀丽；同样的浓烈色彩，这里不见中国的活泼开朗。沉郁的演唱里，隐约听得出演歌的底子，也能感觉到来自福建的歌仔戏腔调。文化交接的板块，冲突和演进一样明显。每一个与日本、中国似曾相识又似是而非的细节背后，也许都隐藏着琉球王国一段不为外人知晓的辛酸。

舞者在表演中一直面容肃穆，体态矜持，退场时却展现了一丝不易察觉的微笑。

九日　坚忍

观看冲绳传统乐舞表演。舞者衣饰华丽，歌者神情端然。

印象最深刻的是一名女子的击鼓独奏。她面涂白粉，两颊却绯红，整个演出过程中几乎是毫无表情的平静，让人几乎无从判断，她演出的是一场缠绵悱恻的情感纠葛，亦或仅仅是平淡的浅吟低唱？

在意志坚忍之下的平静，如同雷雨来临前阴郁沉闷的天空，让人隐隐不安。

十日　早樱

没有想到，在春寒料峭的二月，我在那霸见到了最早的樱前线。

寻常的一间社区神社外，就在儿童活动场地旁边，一树早樱开得正盛。

也许是因为地处亚热带的最南端，也许是因为樱树品种的差异，这株早樱怎么都看不出日本文化里经常吟诵的那些复杂矜持之义。它灿烂的姿态和绯红的色彩，传递出蓬勃的生命力和无法被束缚的热情。

这也许是冲绳在悲情掩抑下的本色。

十一日 石敢当

在那霸街头,常常可以看见汉字书写的"石敢当"。

石敢当习俗源自汉代的泰山附近,西汉史游的《急就章》曾云:"师猛虎,石敢当,所不侵,龙未央。"元代陶宗仪《南村辍耕录》也记载:"今人家正门适当巷陌桥道之冲,则立一小石将军,或植一小石碑,镌其上曰石敢当,以厌禳之。"护佑家宅不为怪力乱神所冲害,形形色色的石敢当一路传播至中华文明荡涤的边鄙之处。

传说由于冲绳的魔鬼有直向行走的习惯,因此琉球人的习惯是在丁字路口设置石敢当,以防魔鬼进入自己家中。

冲绳本土不会拐弯儿的魔鬼,却能被来自中国泰山的石敢当降服,多么有趣的文化组合。

十二日　岛民

天阴得厉害，雨滴开始从云中簌簌落下，我急忙跑到一个破旧的门廊下避雨。这是一座民俗村的入口，穿着冲绳传统服饰的守门人对我点头微笑，我也急忙还礼。

一边避雨一边细细打量他：一身黑色布褂，头戴琉球绿色头巾，笑容恬淡，双眉如剑。犹豫再三，我终于鼓起勇气说出拍摄他的请求。他微笑着点头，然后就整理衣衫，在古旧的大门前站好，让我拍下一张标准证件照般的肖像照片。

有摄影师说："尊敬镜头前的一切，是摄影人应有的根本态度。一张照片的完成，摄影人只有一半功劳，另一半来自对象。"对于出现在我镜头前的他，对于他那坦诚郑重的神情态度，我深深感谢。

十三日　夫妻岩

位于海岬的夫妻岩，是冲绳最著名的景点之一。一大一小的两块石头，被草绳牵连在一起。

这两块石头在全日本可是大名鼎鼎。据说在上世纪五六十年代日本经济起飞之初，刚刚有了财富结余的东京人，都以到冲绳度蜜月并在夫妻岩前留影为时髦。同行的日本友人说，她的父母就曾经在这里拍下眉开眼笑的新婚纪念照。

也许是被连日来的凄风苦雨打湿了兴致，面对夫妻岩，我却觉得有些黯然：如此相爱，也不得相依相偎；如此相恋，也只得靠一柄草绳相连。

爱情，无论是广而告之还是深藏心底，在两个灵魂之间，终究总是有那么一些距离吧。

十四日　风狮爷

冲绳的民俗之一，是在房檐上立起风狮爷。

据说这也是源自中国的传统。闽南地区盛行东北季风，当地居民常在房头设立震风的辟邪物，最常见的便是风狮爷。琉球国时代，风狮爷的风俗被中国明朝移居至此的闽人三十六姓带至琉球。冲绳方言里对风狮爷的称呼"シーサー"也是源自闽南方言的"狮子"。

琉球，这个善于学习借鉴的民族，为何却一直难以找到幸福安泰？难道是移居而来的风狮爷水土不服、无法护佑？

十五日　节制

在那霸遍寻冲绳最著名的料理苦瓜鸡蛋炒猪肉，却出乎意料地有些难度。一连问了几家餐厅，都答复说现在不提供。

前思后想终于明白，原来这不是苦瓜上市的季节。菜单分节气，到什么时候吃什么样的食物，是冲绳乃至日本文化中非常打动我的部分。过季便不食，遵循食物的节律，是对自然、对时令的尊重，也是对自身欲望的节制。

十六日　自我

　　人们很少真实地面对自己。这个时代，如果有人真的想诚实地谈谈自己，难免会被贴上自恋或者狭隘的标签。而浮夸妄言、信口谈及那些与己无关的宏大事物，或者做出与外界无穷关联的繁复姿态，反而会博得关注。我们都太关注外在，将精力投射于无边无际的虚妄，却很少将自己的心当作焦点，把精力聚焦于自己的内核。我们可能早已经忘记了心外无物，除了自己的感受，这世间我们能控制的事和物，太少。

　　我的这些文字，总是描述与自我相关的细节。我不怕被认为是格局狭小，只希望有人能够看到对内在探索的坚持。

十七日　寒

二月的冲绳并非想象中的热带岛屿。云层总是低低厚厚，很少能够看到天空。时雨时停，海风呼啸，我拉紧针织外套的拉链，再把一条长围巾当作披肩裹上，才能略微抵挡四面袭来的寒意。

深夜在海边流连，大风呼啸而过，耳膜被鼓震，听不清手机传来的音乐。沙滩冰冷，细腻的砂质如同冰凉的水流，渐渐浸透了心。

十八日　贝

收集贝壳是我从小的爱好，每到海滩，必会寻觅当地的贝壳。这些带着记忆的贝壳，令我一再回忆海的气息，无论身处何地，看到它们就觉得如同海潮在侧。

在我的收藏里，有来自夏威夷火奴鲁鲁的寄居蟹壳，有越南美奈的硕大螺贝（由于螺里的腐肉无法彻底清除，背着这些螺贝回国的路上我一直被难闻的气味困扰），如今又增加了来自冲绳海滩的贝壳和海星。

因缘使这些来自不同地方的贝壳汇集在一起。我将它们置于彩绘兰花大碗中，清水供养。似乎只有如此郑重地对待，才不负它们复杂的来历。

十九日　悬崖

冲绳是充满悲情的岛屿，越了解它越被伤感笼罩。

长满荒草的悬崖边海风呼啸。这座海岬，因为当年美军占领时发生的悲剧性抵抗而著名。家国不再的悲怆激发了琉球人性格里的悲壮决绝，就在我拍下这丛荒草的不远处，不肯投诚的琉球民众曾排着队，蹈海殉岛。

名为"和平"的纪念馆内有太多血腥暴力的陈设，记录着曾经发生在这座岛上的创痛。大片展区陈列阵亡军人的照片，我匆匆走过，不忍细看。那些英气逼人的脸孔，在照片拍下后不久便纷纷陨落。他们年轻的生命，被永久地定格在二十几岁，也被永久地附着在那场战争之上。如同尚未开放的花朵，被暴雨和泥泞草草掩盖。

纪念馆外的草坪上有身着短衣短裤的年轻人嬉戏打闹，欢笑声彰显着青春。我望着他们，久久无语——青春的样子如此不同。

二十日　栈桥

清晨被海风的鼓噪声唤醒,起身到阳台上眺望。浓云密布,天海一色。

亚热带南端的冲绳,有蔚蓝清澈的海水。我窗下不远处的海边有小小的一只栈桥。这里的海水太浅,显而易见不会有船只前来于此靠岸,所以这座栈桥的存在绝非出于实用性考虑。也许是为了让前来度蜜月的人们作为道具拍摄使用,也许仅仅就是为了装点海岸线。

在渐渐明亮的晨光中,我远眺这座栈桥,心想:世间有些美好,存在就是意义。

二十一日　暖带低压

在冲绳的几天,我的情绪一直有些消沉。二月并非这里最好的季节,连日阴雨也让人意兴阑珊,即将告别之时,却也难免留恋。

这几天里,我曾坐在深夜的海滩遥望猎户星座,小酌微凉的 Orion 啤酒;曾在清晨的阳台上看浓淡渐次的美丽海水在重云下展开;曾漫步海岸,捡起一夜潮尽后散落的海贝和细小的珊瑚与礁石;曾在峭壁上眺望日本人尽皆知的夫妻岩,身边的衰草在海风中一片萧瑟;曾站在夕阳下大岛的最南端,看白色的帆船慢慢划过视线尽头……

没有太多时间逗留,不停地思考。在暖带低压下,匆匆告别冲绳。

二十二日　花开的声音

花开的声音我们听不见,因为我们的心失聪已久。

二十三日　痛苦与灵感

我说这些年走得辛苦。

你拍拍我的手臂,缓缓地说:"想做一个有故事的人,就不能一辈子平坦顺利。你的故事和痛苦会化成灵感迸发。不经历困境的逼迫,恐怕难以达到高的境界。"

我无语应答,只是轻轻把手心印上你的手背。

二十四日　冒险

圆滑的伴侣可能善解人意，但也因矫饰而产生距离；真挚单纯的情感犹如孩童，直白美好，却也难免因过于刚硬而导致伤害。

所有的爱都是冒险，伤痛在所难免，需要无尽的勇气。

二十五日　你知道和不知道的

你知道我在每一个你晚归的深夜里等待你，但你不知道我会在这样的夜里落下多少泪滴。

你知道我会为你轻扫娥眉淡淡梳妆，但你不知道我会因此每日早起半个小时，怕惊醒你，不敢拧开床头的那盏小灯。

你知道我会在深夜你被梦境纠缠的时候轻吻你的额头，但你不知道有多少个如水的凉夜我凝视你的面孔久久不能入睡。

你知道我曾经如此深爱你，但你不知道变化已经发生。那些你不知道的将永远成为秘密，而那些你知道的，也再不会来。

二十六日　非常

大巴最后一排的玻璃窗上写着汉字"非常口"。日语里"非常"指的是什么，我不知道，但坐在阴雨天的大巴上，我忽然觉得每一天都配得上"非常"，都是独一无二、不可重来的时光。

需要分外用心记录才对。

二十七日　谨慎

我热爱风险和挑战，但无论何时都摆脱不了天性中的谨慎。这是性格的底色，也会反映在摄影中。

数码拍摄的便利使我不必在按动快门时过于在意经济支出，但每每面对需要拍摄的事物，还是会深感谨慎。每一次按动快门都屏息凝神，如同要投注气血在其上。这是精神领域的投入，是与被摄对象的思绪交流。

我可以勇猛精进地跨越千山万水，却不得不小心谨慎地按下每一次快门。

二十八日　写作

写作是内心通往外界的出路。

内心一直涌动着热情，试图把自己的全部心识和经历用文字表述出来。但写作的过程却如同在重重迷雾中艰难探索，在无数黑暗的岔路中搜寻最终的通途。

很多时候能够体会到表达的畅快，但也有很多时候感受到思路凝滞和词不达意的梗阻。词汇浩如烟海，内心的感受纤细敏感，有时觉得自己语感不逮、功力不足，也有时不得不怅然地承认，文字和作者两两独立，它们似乎遵循自己的生长节律，不以作者的意志为转移。

这样的时候总是分外敬畏，也总是分外努力，不敢懈怠。

三月　弥月・无言

春天来临前最寒冷的月份,樱树还是瑟缩干瘪的样子,还无法令人联想到一个月后缤纷的盛放。

终于登上东京塔。和期待了多年的不同,我是独自一人。意外的是在塔端经历了人生中第一次里氏七级以上地震,内心的震撼长久不息。更没有想到的是,这150米高的摇摆仅仅是开始,数日后我将经历和见证人类史上最强烈的地震及后续灾难。

整个三月,气候起伏不定,心态也动荡不安。体会世事无常,知晓明天并不确定必然到来。生活里细碎的欢乐显得愈加珍贵,余震中的一杯朝日纯生啤酒带来的欣慰,远胜于期许中十年后的一座豪宅。

经历了这个三月,我已经全然不同。超越了恐惧,也不尝试逃避或回避,变成了一个更加坚定、不会轻易后退的人。

- 朗日
- 顽劣
- 善意
- 优雅
- 印度甜点

- 私宅
- 气质
- 岸线
- 东京塔上
- 擦身而过

- 震(一)
- 震(二)
- 震(三)
- 震(四)
- 震(五)

- 道口
- 素直
- 手机
- 夜行
- 工作的态度

- 波光流转
- 前景
- 日影
- 家中
- 闲适

- 日本丸
- 色彩
- 遒劲
- 遗忘
- 质感

- 沉默

一日　朗日

难得的晴朗之日，无风，搭乘丸之内线到新宿御苑。大多数人的冬装还未脱下，早春的气息已然透露。空气里那些轻快的味道，镜头能够捕捉，言语却还无法描摹。

二日　顽劣

世界上最强悍、最顽固的无非是自我。自我的顽劣在面对人际纠缠时更加明显，它不断向自己和对方发出挑战。当心中只有自我时，会渴望捍卫自己名下的一切，渴望索取对方所能给予或不能给予的一切，渴望被接受认可甚至推崇膜拜，贪婪和执着会压倒一切。

此时如果生起一点静观之心，不妨问问自己：在巨大的执着下护念的自我，究竟是什么？

很可能我们都不知自我为何物，却徒劳无益地捍卫和抵抗对自我的进攻，如同护卫一个空空的铠甲。如此顽劣，也是很可笑呢。

三日　善意

　　阅历和反思会让人清除迷惘，明白自己一路走来是拜无数人善意所赐，而并非来自自己异禀的能力。因为心生敬意，所以能够放低自我；因为胸怀感激，便会回以报答。这一低一答间，智慧和慈悲显现。

　　感激陪伴和激励，我将佩戴自己数年的戒指相赠与你。这枚戒指，此时应当戴在你的指端，愿我的忆念和祝福时刻萦绕。

四日　优雅

浮躁匆忙的时代，让优雅的本意变得模糊。我们习惯了将优雅与成功和财富相连，也自然地把优雅归结为漂亮的外在。但却忘记了优雅不只是外在的优美高雅，更是一种与所处时空协调融和的态度。因为协调，优雅必然不是孤傲的存在；因为融和，优雅必然温婉熨帖。那些为了彰显自身的华美而竞相攀比进而刺伤别人的炫耀，再漂亮也不是优雅。

发自心底的和谐与慈悲构成了优雅的内核。那些伴随四季更替调整的生活起居，那些春天赏花、夏夜纳凉、秋日登山，寒冬围炉的情致，那些在台风到来前精心在阳台窗上用纸带打起的米字格，是优雅；那些随着岁月流逝逐渐调整的心态，那些因为年纪渐长而日益简洁素雅的衣衫，那些刻上脸颊的温润皱纹以及皱纹下宽宏体谅的笑意，是优雅；那些对身边人事心怀的慈悲，那些宁肯刺痛自己也不愿辜负别人的隐忍，是优雅。

优雅的存在，如同身着飘逸的丝绸行走在柔软的春风中，每一丝纤维都那么柔顺，那么体贴。

五日　印度甜点

淅沥的雨夜，收到印度友人自孟买带来的甜点。小小的一方纸盒，包裹着浓浓的甜蜜心意。那是一种我叫不出名字的黄色粟米，似乎被蜜汁浸透，又似乎略略经过油炸，外形简单粗糙，入口软甜香糯。

南亚次大陆的居民嗜好浓甜，就如同他们的性格，浓烈奔放，不留丝毫回转。而日本文化钟情的却是缠绵波折和事事留有余地。和风意趣体现在和果子上，便是清淡的香甜和精致的造型。

民族性格都印刻在我们的衣食住行里，如同基因，如同徽记。

六日　私宅

目黑区自由之丘附近有大片的精致住宅。许多人家在屋舍旁边栽种了高大的树木，也有人精心修建了院墙并制作了精美的名牌。在这样的住宅间行走，会被主人对生活的热爱以及起居的稳定深深打动，只觉岁月静好，充实妥帖。

对生活和自身有着笃定驾驭感的人，才具备营建这样沉稳、精致和静雅住所的福报。而我数年来一直走在路上，全部的行囊是一只行李拉箱和一个背包。它们是我全部的生存依靠，也是我流动的家。

总是处在变动中，我不是没有对稳定生活的渴望，但也乐于接受自己奔波四方的宿命。

七日　气质

汐留的电通大厦位于每天通学的必经之路上。正午时分路过，有白云，阳光正好，百合鸥线的一辆列车驶过，我抬头，看见大厦镜面玻璃反射的影像。鳞次栉比的高楼大厦，简洁又摩登，是我最爱的东京气质。

镜像就是心情。在反射的镜像中，我看到了自己想看的。

八日　岸线

冷夜，独自去海边散步。看见美丽的多桅帆船以及烈焰一般明亮的海岸。

孤独和静谧环绕。如此的良辰美景，虽愿与人分享，却也能够接受独自面对的情形。能得一良伴固然美好，对影成三人的静谧体验也属珍贵。

九日　东京塔上

阳光很好，能见度不太高，整个东京静静地铺展在脚下。站在近乎正午时分的东京塔观景台上，身边有三三两两的情侣和游客，一切静谧平和。

晃动袭来的瞬间，我正倚在栏杆上。标注方位的金属牌剧烈摇摆，眩晕感不可遏制。周围人们脸上满是困惑和惊恐，但没有人惊叫，没有骚动。我无法确知发生了什么，没有英文告知，我只是恍惚听到日语广播里有地震的字眼。距离最近的美国夫妇，妻子紧紧搂住丈夫，轻声连说"I love you"。不远处的日本情侣十指相扣，依偎在一起。

半分钟后，大厦将倾般的摇摆停止，150米的高空回复平静，我依然不知道刚刚过去的是一场什么样级别的地震。再次面对平和的世间，我的释然和困惑同时产生：个人在面对自然或者宿命时是如此脆弱无力，身处高空的我没有任何办法可以保护自己，甚至也无法向我最爱的人寻求一点安慰。

命运的力量是如此强大，根本无法与之抗衡。是什么样的机缘，让我不早一分，不晚一秒，出现在此时此地？我习以为常的那些关于生活的惯性，与冥冥中那个最伟大力量的安排相比，是多么的幼稚和微弱。命运究竟是要告诉我什么？

东京塔顶端的摇摆持续了仅仅三十秒，我内心的震撼却久久没有停止。

十日 擦身而过

人生总是充满了欲望，很多想做而未做的事成为内心最大的纠结。无数次暗暗许诺要做，最终却由于时间的急迫或飘忽的心情而搁浅。然而事实是，瞬间的擦身而过，便是永远的不再相逢。

写下这段文字之时，我并不知道自己将会在次日经历人类史上最大的地震之一和后续灾难，也不知自己果然将与曾经的心绪擦身而过。

十一日 震（一）

第一波晃动袭来的时候我坐在学校的会客厅里，剧烈的震撼伴着建筑物的呻吟，一切猛烈摇摆。我离开座位，躲开大幅晃动的墙壁装饰画，匍匐下来。身边最近的是来自非洲的同学，他的脸上写满了恐惧。

不停晃动，眩晕感持续。

紧急疏散时有日本女孩子两腿瘫软倒地，无声地哭泣。我不知道该做些什么，不知道该去哪里。身边都是陌生的面孔，在最惶恐和无助的时候，我只能和陌生人相伴。

震感持续，东京的交通全部停顿。所幸通讯通畅，指尖匆忙发出的"平安"二字，对于我和隔海的家人都是莫大的安慰。

十二日　震（二）

在寒风中徒步回家。日本民众自觉排起队伍，整齐静默地前行，我默默融入他们之中。此刻这样自发的队伍，虽然静默无声，却隐隐传递出团结和凝聚的力量，给每一个人带来安慰与支持。

平均每隔十分钟左右还有一次余震。从未见过东京的大街小巷都被行人和车辆填满，但一切依然秩序井然，无人慌乱。

途经东京塔，抬头看到它被震歪的尖端。几天前在观景平台的情形还历历在目，但一切已然时过境迁。

两个半小时后，终于回到台场家中。房间里一些物品改变了位置，冰箱离开原来的方位数十厘米，几本书从书架掉下，除此之外一切如常。不时还有余震，我坐在熟悉的床边，怀抱留着旧日气息的枕头，心里平静了许多。

十三日　震（三）

一夜余震和新的地震不断，电视里的日语播报和预报无法完全看懂，断断续续的睡眠。醒来站在阳台边，看灯火星星点点从邻居家中透出。夜色依旧安然，想起昨夜步行回家路过的东京塔，在我心里它已经和地震紧紧联系在了一起，不再仅仅是浪漫的象征。

民众的镇定几乎达到了让人无法理解的程度，相比之下倒是记者会上哽咽的首相更加真实。日本邻居说，他们几乎是从一出生就在经受不间断的预警训练，并用一生等待未知的灾难。地震剧烈摇动的瞬间，也许他们感受到的不是恐惧，而是终于到来的释然。

十四日 震(四)

起床后打开电视,发现 NHK 的报道风格有些不同,已经看不到前几日不间断的灾难现场播报,代之的是对东京及周边交通情况的通告,以及温馨励志的公益广告。

依然有消防车和警视厅的公务车呼啸而过,大地不时还有晃动,电信运营商 NTT 警告说有可能出现固话不通的情况,灾控专家在电视直播里评论核泄漏。

窗外阳光灿烂。

我曾经对日本人的冷淡多有微词,但经历了这场地震后,我却对这个国家和人民充满了敬意。没有人恐慌,一切平静有序,官房长官的新闻发布会也充满人性,尽力传达安全感。尽管依然是充满疏离气息的社会,但这个民族的责任感和纪律性令人钦佩。

在严守规矩的日本人心中,停电造成的秩序混乱可能是比地震和海啸更让人困扰的事。

十五日　震（五）

明媚的阳光下是平和的路人，嬉戏的孩子让我恍惚间觉得任何事情都不曾发生。超市里也几乎一切如常，只是面包和牛奶货架空空如也。我一如往常，购买了鲜鱼和虾，以及一盒生饺子。顺手还带上了最喜欢的朝日纯生啤酒和几包北海道原味薯片。

听不懂日语，但一直保持电视频道停留在 MHK。每一次地震发生，几乎同时电视屏幕都会出现速报，还伴有提示音。看到速报几秒钟后，地板的晃动才会传来。屏幕上那短短的几行字，带给我无可衡量的安慰。

黄昏时发生里氏 7.1 级的余震，地板发出吱吱嘎嘎的声音。我在厨房，继续煎好饺子，然后打开澳洲红酒，平静地开始晚餐。

十六日　道口

游荡到不知名的所在,眼前是一个平交道口。红灯亮起,我和行人一起驻足,等待列车经过。

不知道这辆列车将驶往何方,也不知道自己将走向何处,茫然霎时席卷心头。

十七日　素直

日文中的许多词汇优雅动人,例如"素直"二字,单单字形就传递清静单纯明朗的美感。在日语中,素直的涵义丰富,可以用来形容个性的直率朴实、温柔大方、天真不隐讳;可以描述事物柔顺工整、地道纯正、真实不矫饰。在和式房间的玄关里,我见过写有"素直"二字的条幅;在手工烧做的茶碗底部,我见过小楷写下的"素直"落款;在日本同学办公桌的角落里,我也曾见过小小的一方"素直"铭牌。这简单朴素的两个字,传递的是一种价值取向和人生哲学。

如同徽记,我从这些"素直"的拥有者中,辨识出了自己的同类。我也愿自己的个性、文字和照片,能够接近并抵达"素直"的境界。

十八日　手机

登上飞往东京的航班前,我关闭了使用已久的手机,抵达日本后再未开启它。在日本的这段时光,我是一个疏离于人群、远离手机通信的人。

对于手机,一直心存警觉和介意。太多人热衷于它带来的便利,能够在任何时间、任何地点与想要联系的人交谈。然而太过于便利却带来不觉间的不郑重,人们不再审慎对待自己的言辞,也往往忽视别人时间的珍贵。

"因为我要与你通话,你便应该放下手中正在进行的工作,离开正在面对的人,在铃声的催促中按下接听键来应答我",这是手机通话隐藏的逻辑,是将自我置于中心和优先地位,强势侵入他人生活的逻辑。

每当有人问起我的手机号码,我的"不使用"答复都令他们吃惊。他们吃惊的表情也令我觉得惊讶:这世界上愿意为自己和他人保有空间的人,真的如此之少吗?

十九日　夜行

很早开始晚餐。一个人静静坐在电炉前，看着火锅咕嘟咕嘟发散热气。开了一罐朝日纯生，然后默默饮尽。

擦净了整个房间的地板，熨烫了米黄色风衣。天气稳定后，就是穿着风衣的季节。

意念清静，心中没有一丝挂碍，这样的时刻至为难得。在清凉的夜色里散步，轻快的脚步声传得很远。孤身散步的人，与灯光下孤独的木桥正相宜。

二十日　工作的态度

东京的超高层建筑鳞次栉比，是俯瞰这座巨大都市最好的去处。

我在高楼顶端楼梯的转角，发现了清洁玻璃的女工。向她轻轻招手，她抬头向我淡淡一笑，然后便继续专注工作。这个气质安宁的女孩子，沉稳地在百余米的高空，耐心细致地做着她的工作。她的脸上没有急迫和恐惧，有的是投入、严肃和一丝不苟的责任感。

这不是我第一次在日本的工作者身上看到如此虔诚端正的工作态度，在一百余米的高空，我再次被深深感动。

二十一日　波光流转

　　湖水慵懒，波澜不惊。春日还未到来，高大的树木如同依然处在休眠中，在平静的湖水中投下优雅的倒影，波光辗转流动。

　　时间如同凝滞，又片刻不停。面对时光的伟力，有时会心生绝望，因为没有任何力量能够阻挡它的前行；但同时又心生希望，因为只要时光不停，一切终将过去。

　　在波光流转中看到：刹那不短，劫波不长。

二十二日　前景

　　观摩马格南图片社的照片，常常感慨于资深摄影师对前景的熟练控制与运用。

　　前景的存在，对被摄主体起到无可替代的烘托作用。能否正确地运用前景，很大程度上是考验摄影师功力的所在。如果一幅作品中前景占据了太多空间，留给摄影师发挥的余地并非十分宽广。但有限的拍摄空间往往意味着另一种自由，限制的存在往往给了摄影师更大的创作空间。

　　因为有限制，才有发挥；因为有前景，才更能突出主题。自由与受限，也不失为一体两面。

二十三日　日影

社区的寺庙有精美的窗棂，我在临近正午时分到达，阳光穿越窗棂留下斑驳的光影。

静静坐在寺院大堂的地板上，看光影一点点变幻。眼前移动的是光影，更是流动的时间。透过这光影变幻，我们看到时间的脚步。

正在恍惚间，寺院里午课的诵经声从后院传来。时光就这样毫无印迹地流逝，我想起曾经读到的一句：日影飞去，字入水中。

一切最终都消弭于无形。

二十四日　家中

我居住的是一间三十平米的公寓。室内非常简单朴素，只有连壁的衣柜、窄小的日式床铺，以及一张餐桌和两把餐椅而已。厨房与起居室相连，所谓卧室也就仅仅是一张床所占的空间。房间虽然狭小局促，却铺着清洁光滑的木地板，也有通透明亮的落地窗。这个房间，是我在日本安身立命的所在，是我在日本的家。每当远行我都会想念它，地震时我最想回去的地方也是它。

很少为这个房间拍下照片。也许是因为太过熟稔，也许是因为太过依恋。我的镜头总是投射向他人或远方，却对自己和家视而不见，有点惭愧。

二十五日　闲适

仔细清洁长发,不使用吹风机,静静坐在阳光下等待被微风轻抚后干燥。

用三个小时细细烹煮牛奶和大米,制作细腻的南亚甜品 kheer。

在阳台上小坐,佐一包盐水毛豆,不在乎啤酒是否已经渐渐失去了冰凉的口感,慢慢啜下。

沿着海滨长久散步,夜风还有些刚硬,吹透了薄薄的春衫,我却并不急着回去。

点燃一根香烟,细细阅读一篇关于日本茶道的文章,不觉间烟灰掉落一地。

二十六日　日本丸

"日本丸"静静地停在我住所近旁的港湾里,这一次它不知又是巡回了多少海里后回到故乡。

1984年由住友重工浦贺船厂制造下水,"日本丸"是目前世界极为少见的仍在使用中的快速多桅帆船,凝聚了日本造船业的诸多骄傲。让它著名的除了优异的性能和速度,还有船首极具艺术性的合掌女神"蓝青"。

傍晚散步,我静静走过它身边,看着船员将它白色的风帆轻轻放下并收起,此时的日本丸如同疲倦的游子依偎在母亲的怀抱。

不知何时,我也能够如它一样回归平静的港湾。

二十七日 色彩

大丛枯草中，一片绿意吸引了我的注意。

自从开始摄影，我就一直在追逐各种色彩。强烈的对比总是吸引我的关注，后期制作中也很少会降低对比与饱和，因为太中意强烈的反差。

大多数的人生，都是平淡庸常，如同对比清浅、色调黯淡的照片。而跨越千山万水、历尽心路波折，所求无非是强烈的对比和反差。

镜头的投射，便是人生的方向。不论我是否意识到，照片已经道出了我的心。

二十八日 遒劲

新宿御苑里遍布高大的乔木，枝干虬结，树龄久远。树身形态美好优雅，却也可以发现数百年来它们与严酷自然不断斗争的痕迹，如同经历了曲折人生的老者，在平淡安然的神情下，隐藏着曾经云谲波诡的命运。

二十九日　遗忘

太多的过往挂在心头,会令前行的脚步沉重。书写如同救赎,将一切记录下来后,就可以坦然遗忘,如圣经《以赛亚书》所言:"从前的事不再有人回想,也不再涌上心头。"

那便是新天新地。

三十日　质感

三月的东京,乍暖还寒。气温起伏不定,却也有明丽的朗日。我前往新宿御苑,这里有许多落叶乔木,也有形态优美的松树与杉树。

高大的白皮松有斑驳的树皮,透出青灰色的光泽,在清亮的光线下呈现非常独特的质感。我在整片树林中被这棵树的优雅挺拔和独特质感吸引,长久观之。

如同气质独特高雅的人,能于千万人中令我一再回眸。

三十一日　沉默

现实中大多数时候我是个聆听者,他人的经历令我好奇,我愿意将讲述的自由和权利交给那些有故事的人。世间的悲欢那么多,总觉得自己内心细微的波澜不应当占据他人的时间和精力;当情感剧烈波动之时,又觉得言语无力,无从说起,话语如同阻塞在心底的冰块,需要很久的相处和很深的了解才能缓缓融化而出。

还有一些话被照片和文字固定下来,因为形式的无可变更,态度也就必须更为郑重,更加谨慎。

于是,渐渐成了沉默的人。

四月　卯月・更生

四月的日本，主题非赏樱莫属。花见，是席卷日本人全部生活的盛事。

樱花，从枝头的花蕾到满开盛放，直至被雨打风吹去，每一个阶段都充满美感，也都赢得不住的赞叹。经历了这一次盛大的花见，我才明白：樱花是娇弱的花朵，却也是强势的花朵；樱花的盛开缤纷璀璨，却也决绝短暂。

花下人群熙攘，欢声笑语不断，一切都是那么平和正常。但不知为何，枝头满开的樱花的美，总让我觉得有些惊心动魄。

这个四月，我踏遍东京的赏樱佳处，感受地震后和辐射下的花事，理解何为珍重珍惜，何为一期一会。

- 花廊
- 梁祝
- 至为享受的时分
- 影响生命的电影
- 寂寞的早晨
- 纠葛
- 安宁
- 热烈
- 忘年
- 强势
- 枯枝繁花
- 复杂之味
- 落樱
- 叶樱
- 决绝
- 茶花
- 不可知的未来
- 一期一会
- 老饕菜式
- 灵性的通路
- 孤独
- 暗路烛火
- 柏饼
- 轻松的片刻
- 尺八
- 沉默
- 一个人的越南餐
- 快感
- 气味
- 胶片

一日　花廊

　　温暖的午后，独坐花荫廊下。手边是半阕的书卷，耳旁有啁啾的鸟鸣。这样的时刻，可供回顾前世今生，也宜不思不想，只是默然。

　　惊觉日影偏转，喝一口微凉的茶。

二日　梁祝

　　听两个版本的《梁祝》。俞丽拿的琴声青涩直白，如同颇具男子气的少女，黑白分明的眸子不藏世事，虽乏温柔却也真诚动人。吕思清的演奏纤细敏感，每一丝颤音都饱含爱意，熨帖灵魂。俞版可看作对祝英台炽烈情感的表述，吕版更能传达梁山伯的委婉深沉。最佳演绎需要藉由不同艺术家完成，是《梁祝》这首曲目的幸或不幸？

三日　至为享受的时分

夜行的百合鸥线上,乘客稀少,我迎向你的目光,看到浅浅的笑意。

环绕国际交流馆的漫步,看见电车道旁不知名的花朵。走过大江户温泉物语时,品川港口的灯火映在你漆黑的发丝上。

经历漫长一天的作业和讲座后,这样的时分至为享受。

四日　影响生命的电影

年幼时，我被大银幕上瑰丽奇绝、悲凉凄美的《敦煌》深深打动。这是改编自井上靖先生同名小说的电影，上映于 1988 年。

童年时观看的烙印至深，以至于片中的许多场景在我的成长过程中不断闪回。西域嘈杂的街市，月光下的短兵相接，以及决绝短促的爱情，常如闪电般一次次击中我的心，恍如前世再来。

这部电影的印记和西部广袤疏旷的天地一起，构筑起我性格的内核。向往奔走，对不同的文化充满好奇，而西域的刚强激越也奔突在血液中。

是宿命，也是荣幸。

五日　寂寞的早餐

凌晨即不能安睡，觉得饥饿。打开厨房操作台的壁灯，在冰箱里寻觅食物。看到昨日自超市购回的馄饨皮，忽然想念起家乡风味的早餐。

于是在晨光微露的时分，赤脚在厨房，一个人默默包起了馄饨。

半个小时后，独自吃下一碗热腾腾的乡愁。

六日　纠葛

为抗拒寂寞而匆忙抓住某个人，常常会犯下错误。游戏心态的开始，最终也都会变成沉重的计较。

信任会产生托付，一旦托付就将自己的底线交出。失了先手的人，总是难免被动，一切情感纠葛概莫能外。

企图在与对方的纠葛中索取，企图满足自身永无止境的欲念。如同饮鸩，灵魂里的饥渴无法得以满足，反而引致更大的失望和伤痛。

纠葛的情感终究不是爱。爱与责任、真诚和欢喜相关。

七日　安宁

浅色单瓣的樱花是早开的品种，作为第一批使者昭告赏花季的来临。

浜离宫恩赐公园并非东京最著名的赏樱场所，在樱花初绽的时分更是清幽。中午时分，几个上班族在长凳上默默吃着便当，推着婴儿车的年轻母亲缓缓走过。

阳光正好，周遭静默，一场安宁的花事。

八日　热烈

气象厅播报，东京进入樱花满开时期。密密的花束挤满枝头，敏锐的耳朵应该听得到盛放的樱花在枝头的笑闹之声。

街头的热闹丝毫不逊于枝头。整个上野恩赐公园被人流充满，熙来攘往。大和民族一反平日里的客气矜持，在"花见"盛事的催化下，大声喧哗和聚集饮酒以至歌声载道、手舞足蹈，在樱花树下一一上演。

人群一阵骚动，"可爱啊"的赞叹声和快门声响成一片，原来是一只扎着领结的日本短尾猫被抛上了古老的樱树。猫咪看似淡定，却也带着一些不解观望眼前的人们。而树下的人群，如同集体酒醉般陷入热烈的情绪之中。

这般痴狂，是樱花的魅力使然？

九日　忘年

早就听说六艺园樱花的大名，但亲眼看到这株著名的枝垂樱时，还是震撼。高大古老的樱树兀立于人们赞叹的眼光中，数百年来的每个春天，它都忘记年龄，回复青春，竭力绽开一树芳华。而在它身边感慨赞美的人群，却历经了十代以上的轮回。

面对它数百年如一日的绚烂绽放，恍惚间不知时光为何物。

十日　强势

樱花有美丽又强势的力量。

在早春清冽的空气中，一切似乎还未摆脱寒冷的束缚，但绯粉轻薄的花瓣就在黑枯的枝头微微绽开。樱花有着最柔弱的外表，却又透射出美与力量。不是自作的强悍，而是于娇弱中透出的坚韧和优雅。

遥遥领先于其他花朵挑战春寒，是强势。超越季节和环境，彰显卓尔不群的个性，是强势。

十一日　枯枝繁花

清少纳言在《枕草子》的《树花》一节中说："樱花则以花瓣大，色泽美，而开在看来枯细的枝头为佳。"

午后的增上寺，虬结的枝上遍开硕大的花朵。枯黑的枝干仿佛历经千年，又仿佛还未从冬季的苦寒中苏醒，但饱满清新的花朵，已经昂扬绽放开来。

强烈的反差，樱花之美令人更为印象深刻，这便是清少纳言赞美的风物吧。

十二日　复杂之味

赏樱时节，最登对的饮料是"樱花汤"。

将上个花季收集的樱花花瓣用盐渍过一年后，冲泡沸水，盛于杯中，汤色艳粉，口味却微微咸苦。这种清香中带着苦涩、咸中带甜的滋味，不属于年少的情怀，也不属于意气风发之人。要经历许多难以言说的波折心路后，才能领会这复杂隽永的浅淡。

坐在满开的树下，喝一杯渐渐冷去的樱花汤。心，静了下来。

十三日　落樱

窗外斜风细雨，一夜睡得不安稳。我不时醒来，在浅梦的间歇挂念着庭院里的樱花——它们怕是要纷纷凋落了吧。

窗帘的缝隙透出微弱的晨光，我起身，迫不及待奔向落地窗前。樱树依旧姿态优雅沉稳，不为风雨所动。

只是落英缤纷，散落于一池碧水之上。

十四日　叶樱

季节更替，生命的归宿转瞬即到。

樱树渐渐萌芽。

日文里将此时的樱花称为"叶樱"。叶樱，预示着花季即将结束，也印证着轮回的无法阻挡。这一季繁华盛大的美好，将在新叶的萌发中渐渐远去。微风起时，嫩黄的樱叶发出细碎的振颤，是春之音，也是生命不可抗拒之音。

十五日　决绝

日本武道馆近旁，落樱将河川染成了粉红色。

这是樱花凋谢前最壮丽的瞬间。如同死亡的禁忌之美，绚烂决绝，惊艳身心。

十六日　茶花

人人都在拍摄六艺园里著名的六百年垂樱。我远远离开人群，被路边的一株茶花吸引。

四月已经不是茶花的季节，不知何故这株粉红色的茶花晚开至今。在樱花的季节里，它的开放很有些不合时宜，但那单纯雅致的美，却也丝毫不输大名鼎鼎的樱花。

我屏住呼吸，前后数次调整角度，拍下它最美的瞬间。

十七日　不可知的未来

喜欢做规划的都是乐观派，总觉得一切美好的未来都像即将铺展开的画卷，等待自己尽情描画。悲观者很难将生活过得井然有序，因为未来不可知，便觉得人力永远无法与之对抗，任何安排和设计都无用。因为无法规划，难免茫然；因为茫然，于是困惑和痛苦。

但其实无论如何规划，该来的还是会来，不能避免的也终将在劫难逃。茫然也罢，信心满满也罢，终究面对的是不可知的未来。

十八日　一期一会

日本茶道的集大成者千利休要弟子郑重对待每一次茶会，千利休的弟子山上宗二在《山上宗二记》中写下"一期一会"的茶道用语。江户幕府大老井伊直弼也曾道："茶会也可为一期一会之缘也，即便主客多次相会也罢。但也许再无相会之时，为此作为主人应尽心招待客人而不可有半点马虎，而作为客人也要理会主人之心意，并应将主人的一片心意铭记于心中，因此主客皆应以诚相待。此乃为一期一会也。"

世间一切相遇和合都自有缘分因果。无常弄人，一经擦身便难再聚。珍重珍惜每一个相会的瞬间，就如同它永不再来。

眼看花季已尽，落英辗转成泥。不负一期一会之意，我拍下并铭记樱花光彩夺目的谢幕。

十九日　老饕菜式

阴雨的周六，无法外出，在家做爆炒象拔蚌打发时间。汪曾祺和梁实秋两位饕餮至尊都曾推荐这道菜式，我初次尝试，蚌肉软脆弹牙，效果出乎意料的美好。

诀窍在于大胆择取食材。只取象鼻部分的蚌肉，热水稍烫，剥除外层韧皮后立即切片爆炒。象拔蚌是昂贵的食材，丢弃的部分远多于最终盘中呈现的部分，但有所舍弃才有美味之得。

人生的取舍亦然。

二十日　灵性的通路

人的内在深邃宽广，犹如另一个宇宙。数年来在行走世界的同时，也不断探寻心性和灵魂的道路。

尝试阅读各种宗教资料。家中存有日本印刷的汉字版圣经；很长时间以来，坚持在午后用清水狼毫以中楷抄写《般若波罗蜜多心经》；也试着在尊贵的盖德尔夜里封斋并诵读古兰经。

佛教，如同高深曲折的哲学，开启智慧，调伏心性；圣经文字隽永，优雅而充满情感；古兰经在幽秘中描摹关于终极的力量和秩序。

灵魂的通路里有太多范畴超越人类的理性判断，不断提醒自己应保有敬畏。

二十一日　孤独

读比尔·波特的《空谷幽兰》。看到这样的文字："我总是被孤独吸引。当我还是个小男孩时，我就很喜欢独处。那并不是因为我不喜欢和其他人在一起，而是因为我发现独处有如此多的快乐。有时候，我愿意躺在树下凝视着树枝，树枝之上的云彩，以及云彩之上的天空；注视着在天空、云彩和树枝间穿越飞翔的小鸟；看着树叶从树上飘落，落到我身边的草地上。我知道我们都是这个斑斓舞蹈的一部分。而有趣的是，只有当我们独处时，我们才会更清楚地意识到，我们与万物同在。"

无论情愿与否，我们都需要承认孤独乃是人生的常态。珍贵的是透过清透慧觉的心来体会孤独的真味，而不是喋喋不休地抱怨孤独或迫不及待地离弃孤独。

二十二日　暗路烛火

能够深入内心的文字，往往描述隐微的个人感受。

在生命的漫漫长路中，我们都是在黑暗中摸索的行人。他人的文字中隐约透露出相似的心绪，如同途中路遇行人手中的烛火。光线微弱，摇曳不定，但在相会的瞬间，它隐约照亮了我们脚下的一方黑暗。即便那光明转瞬即逝，也曾带来温暖与慰藉。

交会后，这烛火将在我们的记忆中被长久地回味。

二十三日　柏饼

午后无事，冲泡一壶煎茶，拿出购自附近超市的柏饼，用以佐茶。

柏饼是和果子的一种，产于关东地区，用中粗的粳米粉制作外皮，包裹红豆馅料，置于对折的槲栎叶或菝葜叶中。据说是从德川幕府九代将军德川家重时期开始出现，自江户时代一直流传至今。

查阅东瀛风物资料得知，柏饼是日本端午节的当令食品。在四月的这个午后，食用柏饼的我和生产柏饼的和果子铺，似乎都有点性急了呢。

二十四日　轻松的片刻

黄昏来临时，搬了把椅子到阳台，静静坐下。

风很轻，隐约有海洋的咸湿气息。偶尔有灰色的鸽群飞过，进出东京港的船只发出汽笛声。这样的时分，身心宁静，所有的过往都如同从心上卸下，遗忘带来轻松。

想起曾读到这样一句话："只有被痛苦和动荡赐予过丰厚礼物的人，才能够懂得和留住只争朝夕的欢愉，才能够理解感情之中纯朴和深远的所在。"

二十五日　尺八

一个人在家的时候，总是要有些音乐才好。近来听得较多的是各种尺八乐曲。

尺八兴盛于中国唐朝，传入东瀛后被吸收融合为日本传统乐器。江户时代，尺八在日本被定位为佛教音乐的基本乐器之一，演奏者也主要为普华宗的虚无僧。明治以降，民谣演奏中也开始渐渐使用尺八。

这是种萧瑟的乐器，传递出清冷和疏离的意境。浮躁的心绪下听不得，会觉得枯燥凉薄。

今日所听乐曲中，尺八与三味线相伴相应。余韵袅袅，久久不散。

二十六日　沉默

地震后离开日本的同胞们几乎整个四月都未回来,我想自己可能是这个偌大的国际社区里唯一的中国人。

每天生活看似一如寻常:前往学校,为写作论文搜集资料;回家途中在台场海滨公园站下车,在超市里购买当日要食用的鲜鱼,并添置牛奶面包饮用水;晚饭后会沿着海滨做长时间的散步。

一如寻常的作息,不同的是我没有机会讲中文。离开自己的公寓,我用英语与人交流,回到家中,我阅读书写英文。没有人和我用母语交流。

这无疑加剧了疏离感,让我清楚地意识到,在这个已然十分熟悉的国家,我比以往任何时候都更是一个外来者。

不过,也因此收获了心境的安宁。

二十七日　一个人的越南餐

一个人午餐。我选择的越南餐厅,是繁华的六本木周边极少数能够让单身女子安心就餐的所在。

点了鸡肉米粉套餐。米粉筋斗,鸡肉新鲜,柠檬和黑胡椒的滋味相互呼应,加入鱼露后更加具有热带气息。搭配的青茅咖喱入口稍显辛辣,回味却绵甜悠长。等位良久,所费不菲,但这一餐对得起付出的时间和金钱。

一个人生活也不应当简慢。对待自己,要一如对待尊贵的客人。

二十八日　快感

　　接连抽过三支烟,两太阳穴微微有些酸痛。从不使用烟灰缸,而是用一只漂亮的敞口杯装些清水,将烟灰和吸过的烟蒂投入其中。带着口腔里香烟的余味去跑步,有种堕落后回归正途的快感。

　　有些疲倦,但坚持着跑完五千米,肌肉微微酸胀,浑身被汗水浸透。这样的时刻,总是有些自豪。很多时候完成一个略感困难的任务,会让人生有逆风行走的快感。

二十九日　气味

同样一支香水,前调与后味会因为汗液、体温和个人体质的不同而产生巨大差异。

白色花朵被雨水打湿后的香气,和晴日里完全不同。

年少的身体清新蓬勃。年纪渐长后,不知不觉便从牙齿、发梢、皮肤的褶皱中散发出陈腐之气。

尼古丁在舌面留下辛辣的味道。夹过香烟的手指,次日清晨会散发出男性荷尔蒙般的气息。

三十日　胶片

在青山路遇一家古早风范的摄影器材店，主打的商品是各色在市面上渐渐绝迹的胶卷和胶片相机。自从数码技术兴起，摄影的基质起了变化。数据化的影像大行其道，传统摄影术中的胶片日渐式微。

数码的优势在于拍摄成本的低廉和技术门槛的低浅。于是很多人举起数码单反相机时会毫不吝惜地按下快门，并不顾及构图、快门速度和感光程度。一切太过便捷，失去了应有的郑重与神秘。

回想我第一次使用双镜头反光相机，按下快门前，郑重考量了图像的构成，也反复斟酌了光圈和快门的配合。按下快门的瞬间，我心底充满了茫然，不知自己固定下来的是怎样的光影。在当晚的暗房中，光影的魔术再次上演，随着药水效力的发作，白天的时光渐渐重现，却又呈现我意料之外的效果。一次快门的按下，带来两次满含神秘的惊喜。

这样的郑重与神秘，被数码带来的便捷驱散。幸或不幸？

五月

皋月・谢客

五月的天空晴朗干燥，我常常站在阳台上眺望附近的东京湾。不时有汽笛声传来，云朵随风忽来忽去。

连接本州中部和西部的黑部山脉，在五月里依旧风雪弥漫。福山一碗朴实无华的海鲜盖饭，连同这个小城一起，深深印刻进我的记忆。

皋月的东京开始露出盛夏的端倪，我换着夏装和轻薄被褥。尽量闭门不出，把时间更多地留给心爱的人和自己，在清谈、薄饮和默默相对中度过。

- 秩序　　 · 证交所　　 · 剑道　　 · 木猫　　 · 鲤鱼旗
- 地铁　　 · 歌舞伎　　 · 歌舞伎便当　 · 世俗欢乐　 · 温泉
- 青春　　 · 因果　　 · 不负　　 · 投入　　 · 气味
- 相爱　　 · 投射　　 · 白色衬衫　　 · 喜欢的事物（一）
- 喜欢的事物（二）　 · 喜欢的事物（三）　　 · 气质
- 过往　　 · 等待　　 · 战争　　 · 镜像　　 · 朴素之味
- 五月之雪　 · 合掌村　　 · 锦鲤　　 · 浮木

一日　秩序

以前总觉得秩序是刻板的代名词，严守秩序的人也许是期望通过秩序对未来有些许掌控。秩序的好处在于可以预期，秩序的乏味也在于可以预期。为了些许的确定感，我们付出的代价是失去新鲜的趣味和探索的热情。面对未知的一切所带来的恐惧，就如同面对自己混乱的心，让我们宁可在秩序中寻找慰藉。

然而日本文化中对秩序的尊重却有着不同的面向。这里时令有序，不同季节有不同的风物。人们相处时长幼有序、言语间谦卑有致、不早一分也不晚一秒。在合适的时间做合适的事情，是日本文化留给我关于秩序的深刻感触。

二日　证交所

前往东京证券交易所。

这里是与纽约、伦敦齐名的世界级证券交易机构。虽然是西式建筑，但进入其中还是无处不见日本文化的痕迹：代表尊贵的菊花纹样、写满汉字的纸质股票、不断闪动假名的电子交易系统，令人感受到日本在现代化路上趋向西方又不忘本源的努力。

入口处一位身着制服的保安先生吸引了我的注意。他一丝不苟地发放参观者的入场证件，无人进出的时候就静静站在一边。那种端正严肃又有些拘谨矜持的表情，就是日本工作者的标准相。

我走过去，悄悄拍下了他的侧影。

三日　剑道

神社的庭院里搭起了剑道场地,供周围社区的孩子们切磋学习。八九岁的小小少年,在教练的指导下披挂好厚重的剑道服,戴好面部护具,端正大方地向裁判和对手鞠躬致意的样子,非常动人。

传统剑道,源于古代日本武士在战斗时所使用的"武士刀"格斗技术,与武士道有千丝万缕的联系。武士阶层不断强调的忠诚、勇敢、遵守规则、重视尊严的品质,都融入了剑道的核心价值中。

眼前的这些少年,在稚嫩的招式中尝试着体会气、剑、体的一致。那些所谓以静制动、不变应万变、后发制人、以弱胜强、以柔克刚的概念,对于他们也许太过遥远。但在他们端正的体态和奋力的进击中,已经不难感受心静如水的沉着和动如脱兔的机敏。

这难道不也是剑道的真谛?

四日　木猫

在校园的义卖箱里，我发现了这只孤独的木制小猫。

不知它来自哪里，又是被谁带到了这里。也许它和我一样走过漫长的道路，如今它在纸箱的一角静静等待，承载着来自先前主人的善意，期待着另一个同样善良主人的收留。

我的过往也同样不知来自多少人的善意，机缘促使我在今日来到这里，也不知自己的未来将会辗转到何方。这一刻我忽然觉得自己和木猫心心相映，合掌鞠躬默默感谢命运的安排后，我把它带回了家。

五日 鲤鱼旗

5月5日是日本的男孩节,这一天大街小巷都挂满了鲤鱼旗。

日本文化的美妙之一是无处不在的形式感。随风招展的鲤鱼旗象征勇敢坚强的心灵,也象征健康强壮的体魄。每每看见空中翻飞的鲤鱼旗,我的眼前就仿佛出现一群活泼健壮、如小鲤鱼一般腾跃江河的儿童。这样的意象被深化和巩固,使人一想到民族的未来便引发鲤鱼一般茁壮坚强的联想。

谁说形式不能改变内容?长久以来不断强化的视觉印象和心理暗示,必然会带来某些实质的改变。

六日　地铁

东京有异常繁忙的公共交通系统，川流不息的电车和地铁分毫不差地运行。每日通学，我需要搭乘百合鸥线 APM，然后在汐留换乘都营大江户线地铁。

在庞杂的东京地铁里穿行，有时会恍惚觉得这是另外一座城市。一切井然有序、安静清洁，但同时又充满矜持客气，也许还有一点冷淡。在车厢里、站台上、换乘的扶梯上，没有人说话，甚至没有人尝试与他人进行目光接触。穿着西装制服的男子低头摆弄手机，衣着时尚的年轻女子忙着补妆、涂抹睫毛膏，神情黯然的家庭主妇带着刚从补习班回来、满脸倦意的孩子，母子俩静静相依而坐。

没有人说话，没有人互相对望一眼。在这个庞大的、机械化的体系里，大家都按照预设的程序奔向各自的目的地。

细细观照和思考，又何止是地铁系统让人们如此冷淡疏离？

七日　歌舞伎

盛装前往国立剧场去观看歌舞伎表演。舞台辉煌灿烂，帷幕上精心描画着盛放的梅花和兰草。演出开始前的鼓乐震撼人心，演员虔诚投入神情肃然，大段激昂的唱词展示剧情的跌宕起伏。

《义经千本樱》的故事并不复杂，歌舞伎的表现形式却非常繁琐缓慢。大和民族的气质里总带有一些阴郁，即便是欢乐的场景也摆不脱哀伤和沉闷的调子。作为程式化的表演艺术，歌舞伎表演中的精雕细琢似乎只为极少数钟情于它的人准备。

因为语言和文化上的隔膜，我身边不少外国友人昏昏欲睡。如果不是因为票价不菲，如果演员没有美轮美奂的服饰，我怕是也要觉得冗长无趣了。

八日　歌舞伎便当

歌舞伎演出结束后在国立剧场餐厅吃饭。

当日便当只有一种，与这一天上演的剧目相配。我的斜对面坐着一位身着华丽和服、独自前来观看演出的年长妇人，神情平和，充满仪式感地开启便当盒，默默进食。我打开自己的这份：朱漆便当盒里精致盛放着各色冷菜，米饭被压制出波浪花纹，上面撒了细碎的海苔；清淡的煮物有冰冷的米酒味道，就连常见的红姜也似乎另有深沉的滋味，抹茶味的和果子入口苦涩，仿佛是在与刚才的剧情呼应。

日本生活起居的形式感再度令我满心感慨。观赏完一出冗长悲切的剧目之后，这样一份精致冰冷、略有苦涩滋味的便当，是不二的选择。

九日　世俗欢乐

周日，我一个人前往日枝神社。这是东京著名的三大神社之一，常常被用作阖家祈福或举行婚礼等庆典的场所。

在参拜大殿前见到欢喜的一家人，怀抱着用洁白被单包裹的婴儿，想来是举家前来庆祝孩子满月。每个人的脸上都有喜悦，也在这样的仪式中找到了在家族中的位置。

我举着相机静静在一旁观察他们的欢乐，也感受到了自己孤身一人的寂寞。对家人的思念是独自在海外生活时挥之不去的情绪，我并非不为这种相思所困扰，但每每想起他们时，心中充满的也多是安宁与甜蜜。亲情无需试炼，它是人生最初和最终安全感的来源，无论是否与家人朝夕相伴，亲情就在那里，日渐深浓。

我装作不经意地走过去，拍下满月婴儿家族合影的幸福瞬间，同时祈愿我的家人此刻也一样平安喜乐。

十日　温泉

在伊豆半岛的热海小城，晴朗的午后，有微风，我独自一人占据酒店最顶层的露天风吕，消磨整整一个下午。对面山峦的苍翠中显现隐约的人迹，黄色的细碎花朵飘落在水面。

渐近黄昏，天色转暗，离开的时间迫近。我有点纠结，还不愿起身。但最终还是以这样的句子给这场风吕做了总结：纵有百般珍惜，不妨欢愉遗忘。

十一日　青春

午后的热海，我独自在街市游荡。因为还只是五月，这个度假胜地的海滩上人迹寥寥。在几乎没有人走过的步道边，一朵黄色的小花开得正好。它正值最美丽的时光却无人观赏，在默默无闻中耗尽了最好的青春。

不觉心生怜惜。

十二日　因果

辛波斯卡在《一见钟情》中写道："生活是本翻开的书，总是从一半之处读起。"那些看似偶然的一切皆有因果。

回望来时长路，每一个脚印都指向今天。时光的轻笑就在耳边，一切早已安排好，直到我们接受它成为宿命。

十三日　不负

现世总是急迫浮躁，被凡尘琐事笼罩裹挟，让人难以分辨觉悟的方向，但这些琐事中有时也能够找到秉烛夜游般的喜乐。

绚烂花开，明媚阳光，月下漫步，雪夜暖炉，是生活赋予的美好，值得向往与追求。人生的意义伏在这些欢愉的亮片下，也伏在浓厚的情欲和清冷的孤独中。

唯有安住心性，全情投入，方不负生活所赐。

十四日　投入

风卷云舒，午后在阳台静默小坐。

反思自己对情感的态度，长久以来一直保持在情感上的全然投入，有如对宗教般的虔诚。不曾学会控制汹涌澎湃的情感，过于投入与执着。如果遇到同样敏感善良的对手，会胶着缠绵，很可能最终也会心生厌倦，但终归是一场双人演出。如果投入在错误的方向和客体，就如同永远不会成熟的果实，虽然曾经的花开令人心醉，但不久难免凋零破败。

无论如何，那些人际间热烈的交会，那些甜蜜依偎、浓情眷恋，都如同华彩的乐章，终有曲终人散的一刻。

也没什么不好。静下来和淡下来，才是情感最适宜的走向。

十五日　气味

气味是我们认识这个世间的方式之一。

溽热的夜里，室内有空气微微凝滞和阻塞的味道。独自踏入深夜的电梯，幽闭的空间漂浮着来源复杂的体味。白色的香花，散发出凛冽清冷的味道。深爱着的男人，他胸口散发出的温暖气息让我感觉安然。

整理梳妆台抽屉，看到五年前为自己购买的香水，暖洋洋的花果香气，留香短促，就是那个时候的自己，甜蜜茫然、心态多变。爱人赠予我的香水也在那里，如水的茉莉香调，清淡却长久，可能是他印象中我的样子。

十六日　相爱

我说，很多时候人们相爱，不过是对寂寞的逃避，不过是随着自身成长，试图对幼年所经历的分离和缺憾进行弥补。

你说，也有很多时候人们相爱，是尝试与所依恋的对方成为一体，想要深深融入另一个生命，以此来回避独行世间的孤独与无助。

然而我并非为了逃避寂寞而爱你，你也从不惧怕孤独。你我之间这强烈而深沉的欲望，也许源自宿世以来的执着。你我都明白，却也都不说破。

十七日　投射

很多人的爱，不过是一种投射。将对自己的体贴怜惜，暂时投注在他人身上。如此的爱不过是幻象，最终还是如同隔岸观火一般，无法得到温暖的慰藉。

以马内利修女在 95 岁时说："每个人都期待按自己的方式被爱，每个人都希望另一半能够对自己的期待做出反应。因此，许多爱情关系不过是一些从自身出发并且回到自身的行动。"

人们所选择的爱人，其实是另一个自己。

十八日　白色衬衫

午后我熨烫白色衬衫。这件牛津布休闲衬衫是你所喜欢的,在麻布十番的意大利餐厅的台阶前,我穿着它面对你的镜头。

年纪渐长,越发喜欢单纯简洁的事物。繁复的流苏、花纹,几乎不再出现在我的衣柜里。饮食时喜欢素净的白色器皿,似乎更易保持食物原本的滋味。对待情感也如此,一颗平展如镜、直白坦率的心,如同你所钟爱的白色衬衫,是此时的我能够给予你的爱意。

十九日　喜欢的事物（一）

雨夜的白色香花。你探身递上的半粒杏干。破晓时分的港口海面，大朵云彩漂移。临近正午的第一顿饭。微焦的金枪鱼皮。落雨的深夜，打开门扑面而来的潮湿气息。懵懂的清晨，白色床单清洁的触感。拥挤的电车上，我望向你，你望向窗外。

二十日　喜欢的事物（二）

干净的手指上戴着古旧暗红的宝石戒指。手腕上温润的青河石珠链。呼啸风声中摇摆的树枝。清晨朝阳那玫瑰色的光芒。在十字路口等候信号灯，倾斜的阳光透过少女齐整的刘海，微微琥珀色的剪影。黄昏时等你健身回来，递上一杯温度适宜的奶茶。

二十一日　喜欢的事物（三）

你下巴上轻浅的凹痕，浓眉下明亮的眼神。有质感的饰品。阴翳光线下栀子吐露芬芳。旧日的相簿。清雅简洁的谈话。不说话时轻抚我的手背，就似千言万语说尽。

我盘起的发髻后面散落细碎的发丝。橄榄绿色的眼线。早晨涂抹的Shalimar香水，午睡后在枕褥上留下的气息。垂下一半的窗帘，在微风中轻轻摆动。黄昏时悠扬的唤礼声。每一次想念你时心口微微碎裂的疼痛。

二十二日　气质

他有褐色的眼睛和浓密的睫毛，穿着得体，肩膀宽阔，腰颈笔直。她有黑色的眼睛和细长的眼线，娴雅端庄，在嘈杂的人群中沉静安宁。

气质如同每个人的徽记，说出此人的过往。

二十三日　过往

清晨瞬间惊醒，在鸟鸣中回忆梦境。梦中我在茫然的黑暗中遇到生命中的引领者，携手摸索着趟过暗夜的河流。水中道路坎坷，脚下牵绊，黑暗中看不到前路；上岸的一刻将我交至另一人的手中，在晨曦微露的密林，我与他携手而行，身旁回荡象铃的轻响。

我知道这梦境涵盖了我的过往，也预示我们关系的走向。不会将这个梦境和我的心绪讲给你听，但深信一切你已然明了。

二十四日　等待

总是无法安然等待，总是在等待中倍感煎熬，也许来自我对时间和命运的不信任。

曾经对时间的伟力心怀忐忑，面对光阴散去，总觉自己应当且必须有所作为。这是对时间的强迫症，严重时连一个计划外的午睡都会带来负罪感。但时间从不和我计较，该来的必定如期而来，该走的也不会多逗留一秒。渐渐明白自己要学会尊重时间，学会在调柔的心境下耐心等待必然到来的一切。

信赖时间，信赖命运，信赖一切要发生的终将发生。

二十五日　战争

深刻的情感如果处理不当,原本的善意和美好会发生逆转。

人性之恶隐藏在情感细微的皱褶里,越加深入相待,这恶便被渐渐展示出来。自私、执拗、懒惰、叵测、消极、计较。情感在对抗中损耗,导向原本不曾预期的轨道,愈加偏离喜乐平和,愈加走向对抗和控制。

男女之间,往往是不见硝烟的战争。

二十六日　镜像

好的爱情会带来似曾相识之感。会觉得对方如同另一个自己,虽然彼此曾经生长于不同的环境,却如同镜像一样,心意和情感可以相互展开、重叠、折合、呼应。对很多事物,无需言表,就知道在彼此的心里占有同样的位置;一个细微的表情,便明白其中的蕴意。纵然是瞬间迸发的热情带来相遇,但也都深信是那些由来已久的相似过往,使彼此的心意重叠交错。

我是你的镜子,我也从你身上看到了自己。

二十七日　朴素之味

在福山的夜晚,到一家小餐馆吃海鲜盖饭。食材极其简单,无非是新鲜的米饭和新鲜的厚片生鱼,佐餐的也仅仅是一碟酱油而已。

食材如此朴素,但入口却有令人感动的美好滋味。因为简单,所以韵味悠长。这条也同样适用于人际,抛弃华丽、浮躁和虚伪,以本心相待的关系最值得珍惜。

二十八日　五月之雪

五月的黑部山脉顶端依然风雪呼啸。

巴士辗转爬上海拔两千米的高原时，我为眼前的景象惊愕，这里完全不是初夏的样子。大风呼啸着扑面而来，水汽凝结成似雾又像冰的颗粒扑打在脸上。气温应该是个位数，身着夏装的我寒战连连。

是如此酷寒苦绝的生存环境，但千百年来这里从未缺少人烟。同情感上的单薄羸弱相比，人类常常在生存方面表现出异乎寻常的忍耐力。

二十九日　合掌村

白川乡合掌村坐落在清幽的山坳里。到达的时候临近黄昏，夕阳斜斜照射下来，给这个村落带来温和的静谧之感。

建造这些形似双手合掌的房屋，是缘于此地冬季的酷寒气候以及异乎寻常的巨大降雪量。为防止屋顶被积雪压至坍塌，居民采用当地盛产的茅草，设计并建造成不易造成降雪堆积的陡屋。

整个村庄交通不便，想来在冬季落雪后必然如同孤岛一般隔绝于外部的世界。夏季的村民或是接待游客或是静静在田间劳作，摩登和现代与他们无关，急促压力下的生活似乎全然不在他们的概念中。在合掌村几乎见不到现代化的陈设，但这丝毫不会影响村民脸上恬静安然的微笑。

所谓世外桃源，就是这样吧。

三十日　锦鲤

　　作为山坳中的小小村落,白川乡的田地并不充裕,但有情致的村民还是在小块的田间留下了空间,进行独具匠心的装饰。有些人家在田边地头栽种了睡莲,也有人家挖出一小块方塘,放养硕大的锦鲤。

　　天光云影投射下来,映衬着四处的稻田,古朴自然的环境使得这些锦鲤看似不同于传统庭院里中规中矩的同类。

　　但无论多么自然,没有自由,再美丽的锦鲤也不过是漂亮的囚徒。

　　思之黯然。

三十一日　浮木

生存的动荡感可能是我的宿命符号。近十年来我一直行走在路上,从偏远的家乡小城出发,辗转于国内国外。与一个地方的亲近感还未完全建立,便又匆匆奔赴另一个生命的中转。

记得几年前北京的隆冬,我独自游荡在寂寥无人的后海畔。那是雪后的早晨,空气凛冽,锻炼的老人神情淡漠地与我打个照面,然后便哼着京剧离开。这座古朴和繁华并存的都市,在我眼中充满了动人的细节。那时我以为自己爱上了北京,并以为自己终于找到了安身的所在,像倦鸟归巢般学着适应和依恋这座城市。

但命运似乎无意让我停留,不由分说地把无尽的长路铺展在我的脚下,我也像浮木一样,学会了随波起伏、流转四方。曾经的北京和如今的东京一样,都是生命的一站,也仅仅只是一站。

六月　水无・氤氲

六月中旬，关东地区入梅。梅雨季节的日本笼罩在浓云和细雨下，一片氤氲。

在东京细细体味日本的夏日风物，也去往宁静古朴的奈良，如同回到灵魂的故乡。

- 风吕敷
- 大江户温泉
- 荞麦面
- 地藏菩萨
- 夏鲇
- 朝颜
- 夕凉み
- 笑门
- 手水钵
- 梅子
- 入梅
- 简洁
- 近铁
- 东大寺
- 聪明
- 冰室神社
- 细节之美
- 鹿
- 旅伴
- 二月堂茶室
- 托钵僧人
- 欲望
- 倦怠的巫女
- 惊觉
- 祈愿
- 感谢
- 禁止
- 歧路
- 回旋
- 鸟瞰

一日　风吕敷

路过一间制作传统手工风吕敷的店铺。晾晒的布幅上有精致典雅的花纹，随风招展。我心中思揣：不知这些美丽的布匹将会被用来包裹什么样的心意、送给什么样的人？制作和购买这些风吕敷的人，想要传递的美与心意，是否会得到意想中的回应？

内在的深刻和细腻、敏感与觉知，需要对等的人才能担当，也需要相应的形式才能承载。情感的出口众多，文字、音乐、绘画、摄影，以及我眼前这些手工打造的布料，都是人们将内在外化的途径。情感的发出者负责将它们制作出来，但情感的最终流向则是由受众来决定。任何表达与艺术，莫不如是。

风中招展的这些布匹，最终的去向和将要承载的情感一样未知，但这并不妨碍它们此刻为我带来的惊艳。我按动快门，让它们的美静静定格在我们相遇的这一刻。

二日　大江户温泉

夜幕下的大江户温泉，百年前的气息扑面而来。暖帘、木栅、夜灯和各色浴衣铺陈开来，如果忽略身边电讯中心耀目的灯光和东京港不时传来的汽笛声，这里就依旧是江户。东京，甚至日本很大的魅力在于此：时光荏苒，摩登如是，可是最美的前工业化时代仍未走远，它就在街角的转弯处，就在每个人的生活中。

温泉浴池有云母色彩的马赛克，水汽氤氲。细碎的汗珠挂满胸前，是我在日本的首次桑拿体验。细细洗涤身体的同时，我也在慢慢调适心情。

一个小时后结束洗浴，换着淡米色的连衣裙，扎紧宽大的腰带。我坐在镜前的长椅上，喝一杯不二家冰凉的白桃果茶。这样的时分，在百年前的江户可能也曾发生，那时镜中的女子，又是谁呢？

三日　荞麦面

日本传统的面食有乌冬和そば。乌冬的原料是面粉，そば则是由荞麦粉和面粉混合制成。夏天吃一碗放了柴鱼酱油和葱花的荞麦面，或是冰镇后的冷そば，是极具夏日风情的习惯。

其实荞麦本身并不适合做成条状，因其黏性极低且味道略有苦涩。但一代代日本人将荞麦固化为和风餐饮的代表之一，并不断赋予其在文化传统中的含义，于是就连我这个外国人也觉得，在逛街疲惫燥热之时来一碗简单朴素的そば，是最合适不过的了。

四日　地藏菩萨

地藏様，是日本人对地藏菩萨的昵称。东京的大小寺庙几乎都供奉有拯救世人苦难的地藏菩萨。与中国的佛教信仰有些不同，在日本地藏菩萨更被视为孩童的保护神。

日本民间认为，早夭的孩子背负了不孝之名且年幼力小，父母深恐逝去的他们不能独自渡过冥河投生，于是就祈求地藏菩萨庇佑他们。寺庙里的地藏菩萨常常呈现胖乎乎的小沙弥造型，在庭院里或者路边密密地排成一大片。每一尊地藏菩萨造像都代表一个逝去的小小生命，以及一对心碎的父母。百般不舍的父母将孩子的生辰姓名写在衣物上，穿戴在地藏菩萨身上，拜托他照顾那已经在另一个世界的孩子。

睹之动容。

五日　夏鲇

六月是日本的水无月，东京自中旬开始入梅。和果子都有时令，水无月当季的和果子是夏鲇，寓意对强健身体的祈求。一杯蜂蜜煎茶和一只夏鲇，便是这一日我的早午饭。面对夏鲇的同时，我有些思念海那一边、同样是六月当令点心的粽子。

我曾以为自己永远不会思念家乡，但有时胃肠会用委婉的方式抗议，让我不得不用饮食安抚它们的乡愁。

六日　朝颜

不经意路过的一个街角,满满开着一片牵牛花。

牵牛花是代表日本夏日情志的花。日文中把它叫做朝颜,是非常合适的名字。

日式美学的核心之一,便是于合适的时间观赏合适的事物,同时佐以合适的心情。与春季的樱花一样,夏日的牵牛是更为短促绽放的花朵。清晨,滴着露水的牵牛花是美丽的娇颜。而数小时后,随着阳光变得强烈,花朵渐渐枯萎,如此娇美的容颜便从世上消失,无力挽留,徒留怅然。

在樱花之外,朝颜再度印证日式物哀之美。

七日　夕涼み

日语中把夏日的纳凉称为夕涼み，而这个词的意义又不仅止于汉语的夏日乘凉。一把写着"祭"字的纸团扇、刚刚更换的榻榻米、玻璃风铃、冰凉的麦茶、刚切开的西瓜、花火大会、浴衣，还有蚊香猪和金鱼缸，这些代表夏日清凉气息的意境，也都涵盖在夕涼み的语义里。

路过一户人家的檐下，新搭起的架上爬满蜿蜒的绿叶。在盛夏时分，这样的绿意让人感到清爽，是夕涼み最好也最生活化的注脚。将审美、时令和风俗结合，并以一丝不苟的精神固化为形式，是日本之美。

八日 笑门

在日本，懂得汉字是件有趣的事情。很多时候单凭汉字我就能过跳过复杂的语法结构，猜到句子大半的含义；但也有很多时候，日文和汉语中同样的汉字，又有着大不同的意思。

比如在日语里常用的"大丈夫"，与汉语的意义就是天壤之别，根本不是婚姻中一方的称谓，而是"没关系""挺好"的意思。好在望文生义的错误并非总是出现，大多数时候日语还是能够让通晓汉语的人产生同文同种的亲近感。

比如门楣上写着的"笑门"二字。无需解释我也猜得到，这是和我们中国人门口贴着的"福"字一样的祈愿，但查询之后才明白更多："笑门"二字旁边往往佐之以七五三绳，是起源于神道、用于洁净之仪的咒具，绳子的大小可以相差很多，也可以与纸垂一起使用。一般来说，笑门和七五三绳在正月十五日以后就应当撤去了。但是我路过的这家，显然还沉浸在除厄求福的气氛里，就如同那些直到春节来临才将新桃换旧符的中国人。世界之大，但人们的心理和行为也没有什么不同。

面对六月里的"笑门"，我不禁会心一笑。

九日　手水钵

日本寺院、神社和茶室,入口处经常设有"手水钵"。多数是石质的容器,配以竹制的水舀。手水钵上常有"奉纳"和"水"的字样,供人们参拜或入访前洗手静心,以示对神明的敬意。

正午时分,路过一间小小的神社,浓荫下的手水钵,带来清凉。

十日　梅子

细雨连绵不尽下起来的时候,梅子成熟的季节也到了。

超市里开始出售新鲜的梅子,大颗的翠绿饱满,是做渍物的上佳食材,小颗的隐隐透出些金黄色,最宜泡制梅子酒。

几乎每一颗生梅子入口都酸涩无比,难以下咽。但经过了或盐或糖酒的洗礼,原本的酸苦消失殆尽,透出清冽的果香。

就如同人生。每一段心痛的经历可能都是青涩的梅子,需要用不断的内省和宽恕让它们褪去酸苦,只留余香。

十一日　入梅

与樱花一样,梅雨也有前线,自西南逐渐向东北推移。南部的冲绳在五月上旬便进入梅雨季节,而东京所在的关东地区,普遍是在每年六月中旬入梅。

在长达一个月的梅雨季节里,几乎每天都听到淅淅沥沥的雨声。梅雨天为东京这座城市带来浓浓的阴翳感。一个人的夜里,听到庭院里的雨声时长时短,空气里清新忧伤的味道若有似无。忽然想到,从古至今不知有多少女子与今夜的我一样,在雨夜的灯下独自期盼。期盼自己的心终有所属,期盼对方能够完全明了自己的情感。

但最终又不知有多少女子和我一样,在雨声中收住了眼泪,独自和衣睡去。

十二日　简洁

日本美学的核心是清、静、和、寂,而这四个字的直接指向,都是简洁。在日本打动我的,往往都是至雅至朴的美。素淡去雕饰,清雅无凡尘,就是这样的简洁。

这样的欣赏绝非毫无原因,我近年来落笔慢慢变得慎重,描摹外向力图简洁,表达内在希求准确。如同在黑暗中摸索的双手,心中未知部分的轮廓渐渐显现;又如同凿壁作画,有控制地用力,落笔即无可收回。

审慎且简洁。

十三日　近铁

终于出发去奈良。

从东京搭乘新干线到达京都，然后换乘近畿铁路到达这座平安时代的古都。

拿到近畿铁路车票的时刻，我忽然有种恍惚感。称为"近畿"，是因为这里靠近曾经的都城京都。我喃喃念着"近畿"，心想，这是多么古意犹存的字眼，这是多么中国化的字眼。这样的字眼，似乎更应当出现在西安或是北京附近某个小小车站的站牌上。我们已经失落这样的古风太久，以至于很多人可能都不会念出畿字的正确发音。

心底泛上些许遗憾，但在奈良的近铁车站，又体会到一丝欣喜，这欣喜来自如同在异国遇见故乡的亲切。谁说故乡只是地理上的概念，它一样可以是心理的熟稔。

十四日　东大寺

来到奈良之前,我便向往东大寺。

据说这是世界上最大的木造建筑,全部营建过程超过 12 年,参与工程的人数达到了 260 万以上。这个数字,意味着当时京畿附近几乎每两个人中就有一个参与了东大寺工程。

作为奈良的地标,东大寺的命运堪称多舛。平安时代末期,由于兵灾,东大寺著名的大佛被烧毁。重建后,战国时期大佛又被砍掉了头部和右手。如今展示的佛像,头部是江户时代的,身体来自镰仓时代,真正奈良时代的遗存,据说只有左膝盖以下和莲台的部分。

我们总是习惯性地相信,巨大且坚固的东西比较能够持久。但是面对眼前的这座大佛,我却忽然明白,貌似强悍不一定能够成为时间的赢家。东大寺庭院里柔弱的小鹿,一代又一代平安地生活,而巨大坚固的佛像,却躲不过时代变迁和人世更替。

十五日　聪明

东大寺大佛殿前有一只八角型的铜质灯笼,灯笼后有一个硕大的香炉,香火不绝,袅袅腾空。前来参拜的男女老少都用双手掬取了烟雾,覆盖在头顶上。据说这香火极为灵验,可以使人变得聪明。

世间人都爱聪明,但聪明并不等同于人生的智慧。所谓聪明并不能带来平和快乐,太过机巧的心思反而可能招致更多烦恼。

站在香炉一步之外,我拍下袅袅青烟。与祈求获得聪明相比,我更愿修炼出一颗圆润通达的心。

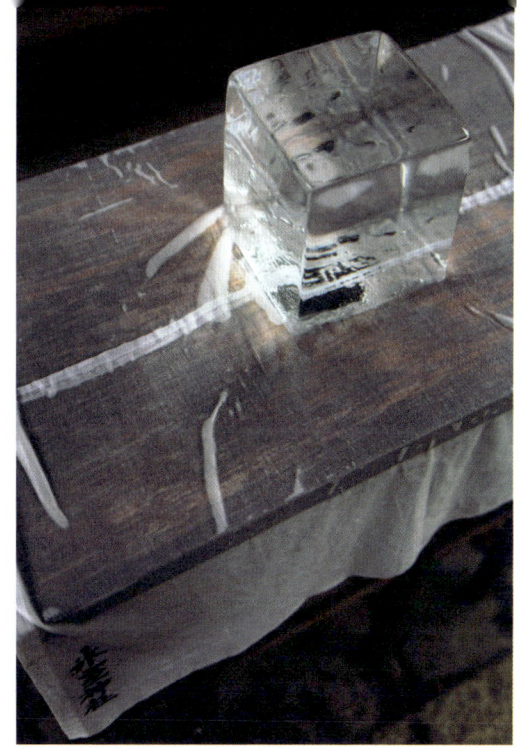

十六日　冰室神社

　　冰室神社并非奈良最著名的神社，在古迹遍布的京畿地区，它也没有显赫的历史地位。穿过奈良公园边的车道走进这座小小的神社时，我有些漫不经心。

　　寂静无人的主殿内空空荡荡，一张长案上铺陈白布，上面摆放着一方硕大晶莹的冰块。越冬历夏，这块冰一直在这里。

　　特别之处便在于此，这是非常罕见的供奉着冰之神的神社。公元710年，元明天皇迁都平城京，在吉城川上游建造了制冰储冰的冰池及冰室。从那时开始，平城京开始用冬季储存的冰，在春天举行冰之神的祭祀庆典，祈愿在新的一年里能够风调雨顺、五谷丰登。冰室神社因此而生，并一直保持着陈放冰块于此的传统。

　　在奈良的盛夏，面对条案上不断融化的冰块，我明白时间可以如此细碎，细碎得如同冰块融化后不断滴下的水滴；时间也可以如此绵长，能够让一块冰历经千年的寒暑，一直陈放在洁净的条案之上。

十七日　细节之美

碎石路上，一只年幼的鹿折身向后，颈项呈现弯曲的弧度。我急忙拿出相机，拍下这优美的瞬间。

我总是钟情于这样美丽的细节，对所谓宽广宏大却刻意地保持一定距离。美食、佳酿、好茶、华服，或是绝景良辰，它们的不同之处往往都体现在细枝末节，过于关注恢弘的外相而忽略细碎之美，可能要错失生活的许多美好。

一沙一尘，见微知著。于细节处窥见乐趣，也许是超然俗世的法门之一。

十八日　鹿

奈良公园里到处都是鹿，鹿的来源与春日大社有关。奈良时代的政治人物藤原不比等建造了春日大社，供奉四位神明，其中的武瓮槌命就以神鹿为坐骑。鹿在奈良的地位极高，每年春天都会庆祝第一只鹿崽的诞生，也决不允许任何人伤害这些生灵。

走在奈良，就如同走在一座鹿的城市。

十九日　旅伴

阳光炽烈,走了许久,觉得口渴,于是在路边的冷饮店买了一支著名的宇治抹茶冰淇淋,坐下休憩片刻。

独自上路,一个人的所思所想就是我的旅伴。我与意想中的自己讨论一路行来的所见所感,也不断在心底回放曾经的心碎与甜蜜。或许人的一生亦如同行走,自始至终的旅伴只有自己。如果能短暂遇到同道,相伴在林荫下小憩片刻,互相递过欣赏关切的眼神,彼此道一声珍重后坦然别过,那便是美好的因缘。

抹茶冰淇淋吃到一半,走来一只眼睛亮晶晶的小鹿。它在我面前不停地点头鞠躬,如同一个天真的孩子。我明白它想要分享我手中的冰淇淋。珍惜这相遇的缘分,我把剩下的冰淇淋递给这个不期而遇的旅伴。

二十日　二月堂茶室

二月堂茶室寂静无人。走进去时，我有些拘谨。整间茶室朴素整洁，有硕大的茶桶，有整齐的茶盏，干干净净的抹布被叠得方方正正，放在长条案几上。

坐下来环顾四周，我看到茶室外的绿植，看到茶室里端正悬挂的书法，但没有看到其他任何人。墙上贴着字条，上面写着"请自取用"。我拿起一个清洁的茶杯，从茶桶里倒了一杯麦茶。在靠近方几的角落里坐下，静静地望着庭院，喝下一口冰凉的茶。

不知有多少孤独的旅人和我一样，曾在这里静默坐下；也不知有多少疲倦的行人和我一样，曾在这里获得内心的慰藉。茶室外有微微的风，廊架上的牵牛花，叶子摆了又摆，我的心静默安然。走过了长长的路，来到这个清净的所在，寂寥无人，怡然自得。

半小时后我起身，和以往到来的人们一样，把自己用过的茶杯清洗干净，放回原位。微微鞠躬致谢，愿它在这里继续抚慰如我一样的旅人。

二十一日　托钵僧人

二月堂外，一个僧人站在桥头托钵化缘。溽热苦夏，他一身严整的僧服与环境反差巨大。僧人的表情并不平静安然，似乎焦急等待某人，又似乎要迅速离去。

在日本见过的僧人大多整齐洁净，神情肃穆，从头戴的斗笠到脚下的足袋，都一板一眼，讲究十足。作为职业出家人，他们的僧服就如同办公室白领的西装，丝毫马虎不得。

我不知眼前的这位沙门在修持什么法门，他身边的那几只鹿，倒颇有超然世外的安然。

二十二日 欲望

走进春日大社，就看到廊下悬挂着一排排铜质的灯笼，神社里的山坡路角处更是遍布石制的献灯。未出梅雨的奈良溽热潮湿，献灯上覆盖了或浓或淡的青苔，散发出阴郁的气息。走在成片的献灯中间，我的心情渐渐沉重。

春日大社素以祈愿灵验著称，参拜春日大社的风俗之一便是捐一座代表心愿的献灯。天长日久，神社檐下已无空地，周边的田地也被献灯布满。细细想来，这每一盏献灯都代表一个欲望。行走其间，便是身处如此众多的欲望之中，如何不让人心生沉重？

二十三日　倦怠的巫女

午后，春日大社的两名巫女在白色的帷幔内支起募捐箱，收集游客捐赠给奈良之鹿爱护会的善款。

作为辅助神官的灵媒化身，春日大社的巫女身着白色上衣及红色绯袴，意味着清新、神圣、无垢。但是这两位巫女显然有些跌落凡尘的疲惫，在无人注意的时刻，轻轻地低头抚眉，并打了个浅浅的哈欠。

二十四日　惊觉

走过草山旁的一条林荫道，我的脚步声惊动了两只小鹿。它们惊慌警觉地回望我，然后箭一般地跑进密林深处。

匆忙间我还是拍下了它们惊觉的眼神。

惊觉，这是时常泛起在我心里的情感。处理照片和写作时，常有如临深渊、一脚踏空的惊觉之感，我知道它来自对广袤艺术的敬畏以及对自身能力的不确定。但很多时候我也很享受如此的慌张，不断提醒自己这正是艺术的诱人之处：因为不确知自己的创作会将读者观众导向何种感知，作者会心生好奇与期待，也会永远虔诚敬畏。

二十五日　祈愿

　　奈良是一座关于愿望的城市,大小神社里遍布祈愿的献灯,公园里也满是祈祷世界和平的祈愿柱。各处前来的人们都是心怀夙愿,在踏上这块古老土地时分外强烈地渴望心想事成。

　　过于宏大的愿望没有感染我,倒是被人们平凡的诉求打动。在三月堂的角落,木箱里密密装满了竹制的祈愿签。这些承载着普通人关于求学、就职的小小心愿的竹签,传递出对世俗生活的向往和喜乐所在。

二十六日　感谢

神社的一角，堆满了心愿达成者还愿时献上的木牌。这里是整间神社最感动我的地方，不是因为祈愿的灵验，而是因为那一颗颗感谢之心。

很多时候我们的期待太强烈，稍有不如意便心生失落，更惶论感谢。但其实每一段时光都是最好的时光，每一次境遇都是最好的境遇。每段走过的路都构成性格，每个相伴的人都留下回忆。

今日的你我，乃是过往一切或痛或快的所赐，对此唯有感谢。

二十七日　禁止

　　细石子路上摆放着一只禁止停车的标识。红白相间的强烈色彩，与周围环境的古朴形成了强烈反差。

　　拿出相机拍下它来，是为了提醒自己记得：知道不应做的是什么，才可知道如何作为。

二十八日　歧路

从春日大社返回的路上,经过插满标识的岔路口。三个路标,导向不同的目的地。我不知自己将去向何方。有瞬间的茫然。

二十九日　回旋

　　小巷里高高悬挂着一只广角镜，走过的瞬间瞥见自己：我戴着的遮阳帽，有大大的帽檐和高高的帽顶。这顶帽子虽是在日本购得，却几乎与数年前在西安买下的另一顶遮阳帽全无二致。

　　和对同一顶帽子的执念一样，近年来我的经历似乎也是围绕长安的回旋。从家乡那个丝路上的边陲小镇出发，在西安做过短暂却又意味深长的停留。若干年偏离初衷的游荡后，命运巧妙地将日本展现在我面前。这里虽然是异国他乡，但古代长安的风物却时刻出现。对长安的执念，让我在隔海的奈良再次与它相逢。

　　装束、饮食、起居、建筑和一脉相承的文字、绘画、音乐，奈良的一切仿佛时空倒错，长安再来。

三十日　鸟瞰

　　离开奈良前,溽热的暑气让我感觉倦怠,体力下降,行走缓慢。鹿群默默注视着我,我也注视着它们黝黑静谧的眼睛。

　　在二月堂外的山丘上,俯瞰整座古旧之城。数日来甚至数年来的回忆掠过脑海,带来思念和淡淡的眷恋。午后奈良公园落下细密的雨,我坐在游廊下心生迷茫,那是来自对未知的敬意。

　　离开的时分,刻意没有回头,仿佛不曾告别就可能再会。

七月

七夕・月上

公历七月七日是日本的七夕,这并不是与情感相关的节日。

远走北海道,在广袤的岛屿度过清冷的夏天。

离愁别绪已然涌起,湿热难耐的东京有些黯然神伤之意。前往伊豆大岛,在这座被火山熔岩覆盖、一片漆黑的岛屿,也难逃离愁别绪的追赶。

· 节制　　· 平凡之日　　· 河灯　　· 上瘾之物　　· 轻盈

· 浴衣　　· 七夕　　　　· 清洁　　· 不忍池　　　· 舷窗

· 光束　　· 宗谷海峡　　· 长堤和灯塔　· 函馆　　· 札幌拉面

· 热气球　· 羊蹄山　　　· 自拍自恋　· 盖饭　　　· 旷野

· 甜蜜　　· 合群　　　　· 过往　　· 大岛民宿　　· 方向

· 黑沙滩　· 叶　　　　　· 蛰伏　　· 死亡　　　　· 白色花朵

· 椿

一日　节制

　　为了清净和有节制的生活,需要精心检点自身和周围的一切。回避污秽的诱惑,吃简单朴素的食物。用善意主导谈话,不参与闲言碎语,用乐观平和的情绪鼓励自己。听明媚的音乐,适当运动,午后小睡,在手账上写下充实而积极的日程。

　　今日的功课是扔掉未喝尽的啤酒,远离这种导致头痛和抑郁的饮品。

二日 平凡之日

静谧的清晨,赤脚走去厨房做一杯拿铁咖啡。冰箱里的黑醋栗发泡酒在急速冷却,佐它的是昨夜烤好半份的鱼和酸咸的泡菜。敞开的窗下,放着未喝完的矿泉水。

在海滨长久散步,空气里弥漫着燠热。树影斑驳摇动,路边绽放硕大的蓝色花朵。停车场的阴影里,有情侣静静拥抱。奔向东京港的车辆穿过灯火通明的隧道。没有人打扰我,脚步也愈加轻快。

渐渐起了风。

三日　河灯

在夜幕下的河流中放下一盏灯火，我在心里默默许下与自己无关的愿望。看着河灯明灭不定地漂向不知何处，觉得自己的愿力渺小动荡，但还是祈愿它能够尽快成真。

世间广大，情欲纠缠毫无意义。那些爱恋之心，不妨带着祝福汇入今后漫漫人生的长河里。

四日　上瘾之物

很长时间以来我的生活非常单纯，习惯了音乐、清淡饮食、长跑、瑜伽和适当的睡眠，但也并非完全拒绝成瘾之物，譬如酒精与香烟。

饮酒的时候往往都是和他人一起，并且总是将选择酒的主动权交给对方，在这个过程中可以观察对方的心性所在。有人非常钟爱某个特定产地的红酒，也许是前世就有渊源；也有人喜欢饮用啤酒，这样的人往往单纯开朗；一起喝清酒的朋友少之又少，也许是因为阅历和心境的匹配太难得。我自己很少主动购买香烟，手边的烟几乎全部来自于馈赠。在云南工作时有当地的朋友送来大包手工剪切的烟叶；偶尔在咖啡馆里和朋友相谈，也会无意间接过对方递来的不知品牌的香烟。在相同的烟雾中，可以更亲近地了解对方的品格，也因此与对方有了更多共鸣。

书写至此，忽然意识到：摄影和写作于我，很可能也是成瘾之物。

五日　轻盈

喜欢脚步轻盈的人，他们心里往往没有阴影。而我爱着的你啊，是低头走路的人。

六日　浴衣

第一次穿着日本浴衣，是黑色大花配朱红腰带。两个细心的日本女孩子在背后帮我打上精美的名古屋结。我穿好木屐，脚尖内扣，轻摇手中的团扇，矜持地留下影像。

第二次挑选并穿着浴衣，是在上野附近的名品售卖店。在众多的选择中我几乎陷于迷茫，不知那些缤纷美丽的面料和色彩中，哪个才合适自己。昂贵的织锦腰带，也琳琅满目到让我不知所措。

很多时候选择的困难不是来自外在的多样性，而是源于不明了自己内心的需求。迟疑良久，最终我选择的是一身暗紫底色配白色兰花图案的浴衣，然后挑选了织工细密、质地精良的本白色腰带。

紫色是我钟爱的颜色，沉静高雅。白色腰带与浴衣上兰花的图案相呼应，朴素简洁。

是内心对自己的认知为我做出了选择。

七日　七夕

　　七夕是日本的重要节日，自古便有许多诗歌咏诵这一天，《枕草子》《紫式部日记》和《源氏物语》都多有提及。其中日本学问之神菅原道真更有汉诗咏七夕："年不再秋夜五更，料知灵配晓来情。露应别泪珠空落，云是残妆髻未成。恐结桥思伤鹊翅，嫌催驾欲哑鸡声。相逢相失间分寸，三十六旬一水程。"

　　江户时代以来，七夕在日本文化里的含义渐渐与中国有所不同。十七世纪时，过七夕节要在供奉台摆放七个砚台，祈求孩子学业有成。昭和以降，日本家庭常常用凝聚在叶上的朝露来研磨，然后把愿望写进短册，再挂在矮竹上装饰于屋内，最后放入河川或大海。

　　如今的日本，七夕这天到处可见悬挂短册的矮竹，也有写满了愿望的祈愿册被折成纸鹤或者灯笼状挂在竹枝上。

　　我在日本的七月七日遥想中国的牛郎织女，在矮竹短册下想念中华文化吟诵的鹊桥与银河。

八日　清洁

我喜欢由内而外散发清洁魅力的人。不单是感官上的清洁，还包括情感和思维上的严整肃静。将生活中的欲望控制到最少，远离骄奢淫逸和懒惰，过清洁、整齐、一目了然的生活。如同日语中常说到的"断舍离"，断除欲望、舍弃贪念、远离纷扰。如若达到这样的境界，堪称情感和思维上的清洁。

但遗憾的是，大多数人到了一定的年纪便不复清洁。

更遗憾的是，有人从未清洁地生活过。

九日　不忍池

上野不忍池，正午时分。满池荷花花蕾在等待即将到来的盛放，微风吹过，碧叶发出微微叹息，是真正夏日了。

不忍池的荷花是如此著名。导演黑泽明曾在灵感匮乏时，深夜来到不忍池畔禅坐。他说："如果你不能听到荷花绽放和掉落的声音，那你的心就还不够细腻敏感。"

十日　舷窗

　　登上从青森前往北海道的客船。船只庞大,驶离港口时发出隆隆的轰鸣。我在嘈杂的游客中找到属于自己的座位,安放下行李,忽然觉得好累。这一行我可能走得太长太远,远离亲人爱人,夹杂在陌生、不知所云的人群中,身心都充满孤独感,动荡的船舱更让我觉得自己漂泊无依。

　　甲板之上的舱位有连成片的座椅,如同黑暗笼罩下的影院,四面的海景如同展现在面前的环形银幕,带来不知身在何处的恍惚感。我觉得自己身心疲惫,精神和体力似乎都不足以支撑这漫长的旅途。在浓重的睡意笼罩身心之前,掏出相机走到舷窗口,拍下离港前看见的最后一艘船舶,然后便抱着重重的相机靠在椅背上沉沉睡去。

十一日　光束

一束光线透过浓重的云层照射下来,投影在广阔无边的海面上。这是我路过的无数风景中,沉重压抑、印象深刻的一幕。

在过往的几年里,我经历了太多的亲密无间逐渐更替为冷淡疏离的过程。看到一段段的情感关系,从相合相容走向破败,也被对方的谎言和冷漠一次次重击。为情所执,不能保持独立安然。

此刻我眼中的风景便是心情的写照。浓云压顶,一束光线照亮灰暗。也许只因为心中尚存渴念,在这无边的情苦中还企图找到一线希望。

十二日　宗谷海峡

大船在宗谷海峡上行驶。天空不时有浓重的云朵掠过，光线渐渐暗淡。

船只犹如穿越黑暗的隧道，在雾霭之中缓缓前进，看不到前途，也不能回望来路。好在偶尔擦肩而过的船只发出温暖的灯光，辽远的灯塔遥遥相望。

如果没有这些温暖与希望，这段旅程会是多么孤独。

十三日　长堤和灯塔

即将抵港，我站在甲板的最上层望见北海道。岸线的最前端是遥遥伸进海里的长堤，长堤的尽头矗立着一座灯塔。浓云密布之下，黑色长堤和白色灯塔的对比非常鲜明。

对于那些在凄风苦雨中抵达的水手而言，长堤和灯塔意味着希望和温暖，而对于刚行船远的我来说，以黑白一种的反差，让我意识到这是旅途中的又一个他乡，是又一次孤独的抵达。

十四日　函馆

　　函馆是一座充满了明治遗风的小城。宽大的屋檐有西式建筑的风格，但在室内每一个细节上却都能看到传统的日本。函馆最出名的纪念品名为硝子，是精美的玻璃制品，更是明治以来一代代手工匠人的心意凝结。这里和东京一样，工业化时代的科技成果无处不在，但传统的那个日本也一直没有远离。

十五日　札幌拉面

夜色已深，我在札幌的街道上游荡。喝了冰镇的札幌啤酒，似乎依然意犹未尽，于是前往著名的拉面小路。店头林立，选择太多，我有点茫然。最后还是因为某家铺子门口伙计的帅气脸庞才做出了决定。

点了一碗黄油玉米拉面。嫩玉米是夏季才有的时令蔬菜，而黄油则体现着日本近代以来对西方文化的向往。这样的反差组合，与传统的札幌手工拉面一起，带来惊艳的复合滋味。

汤头极为浓郁，搅拌后黄油融化的瞬间，让人觉得眼前似乎不是一碗汤，而是一道西点。面条非常顺滑，还有些坚韧的口感，搭配的叉烧也极为入味。这一碗面，浓缩了札幌拉面的精华，也浓缩了我对这座小城的美好记忆。

多年后，我的脑海中不一定记得这座城，但胃却永远不会忘记它。

十六日　热气球

前往羊蹄山的前一夜，路过著名的温泉之乡新雪谷町。到达时天色已晚，顾不上打量周边的环境便匆匆洗漱入睡。清早醒来，晨光还未透入，空气中弥漫着高纬度特有的清冷气息。

睡眼惺忪，身心尚未完全清醒，我拉开厚重的窗帘。晨雾正浓，眼前的森林似乎被笼罩在梦境之中。推开窗来，凉风送来潮湿的空气，瞬间打醒了我残留的睡意。探身上前把窗子打开得更大，突然间看到森林中正升腾起一只硕大缤纷的热气球。太过出乎意料，霎时我分不清这是梦境还是现实。

短促的迷茫后，我匆匆跑去拿来相机，拍下这宛若梦境却又无比真实的一幕。

十七日　羊蹄山

凌晨起身，在弥漫的雾气中下楼。露天风吕外有硕大的锦鲤游弋，林间飘来草木的清新气息。赤裸的肌肤感受到吹过的晨风，身体和精神都觉清冷。长吸一口气，将自己深深浸入温泉中，周身和暖后再度淋浴。走出风吕时，我扎紧浴衣素雅的黑色腰带，看见镜中自己略显浮肿的脸庞，那是昨夜无法安睡留下的痕迹。

回房推开大窗，黎明中的羊蹄山跃入眼帘。被自然之美震撼，寻觅不出合适的言语，只好无言地拍下它。

十八日　自拍自恋

作为一个摄影师，很多时候我最大的困惑在于找不到任何人为自己拍照。也许是太信任自己的风格，也许因为总是独行，缺少同伴。每当面对异常壮阔的自然风光，或是面对非常温馨的人文景致，我总是觉得自己遥遥疏离，不在其中，是在用一双客观的冷眼端详镜头前的一切。

这是摄影师的角度，不是一个被摄人物的角度，久而久之我竟然对站在他人的镜头前产生了一定的抗拒。每当有人善意地提出为我拍下一张照片时，我都会推脱。但企图留影的念头一直都在，于是养成了习惯，每当看到镜子时便下意识地为自己拍下一张镜中影像。

这是我对被拍摄渴念的心理投射。

十九日　盖饭

一早前去著名的海鲜市场,想看清早的鱼市交割,同时也想一品最新鲜的海产。

市场里充斥着浓重的海腥味,来自刚刚捕捞的吞拿鱼,也来自一只只新鲜的帝王蟹。在整个鱼市里兜兜转转,我却拿不定主意选什么做早餐。也许是清早的胃口未开,也许是选择太过多样,迟疑了许久,最终还是挑选了最常见却又最具北海道特色的海鲜盖饭。

鱼籽入口轻脆弹牙,在齿间爆裂的瞬间汁水溢出。生鱼片硕大肥厚,配着新鲜的苏子叶,清香四溢。三文鱼肉碎味道略显平淡,但与温热的米饭却有着异乎寻常的登对感。暖胃的是味噌汤,爽口之外还因为帝王蟹腿的加入而增添了奢华之感。这样的早餐,令身心都得到极大满足。

在北海道的夏日清晨得享如此一餐,夫复何求。

二十日　旷野

高纬度的风清凉刚硬,美瑛辽远开阔的天际让我想起自己出生并成长的中国西北。和北海道一样,那里夏天昼暑夜凉,冬天漫长难捱,土地肥美,广袤无垠。

世间相同的事物众多,多变的却是人的经历。漫长的旅途并没有让我遗忘自己的过往,反而一再提示我生命里那些未曾克服的障碍和牵绊。如若身心不能成长,在故乡的小城或是空旷的北海道,心智的局限一样会带来困扰;如果在痛苦后淬炼出通透之心,无论身处何方,旷野里的花都会更美更香。

二十一日　甜蜜

北海道最著名的手办是各色甜品，尤其是使用了当地牛奶制作的巧克力。人人知晓的"白色恋人"巧克力太过常见，我试图寻觅与众不同的甜点。

最终买了北果楼的威化饼干，买了六花森林的三色巧克力，买了新鲜草莓夹心的白色奶球，还买了著名的夕张蜜瓜糖果。这每一份甜蜜都凝结着我对你的浓情蜜意，我知道你爱甜食。

我想，自己这哪里是在购买甜点啊，这是在把自己甜蜜的心情一遍遍地固化下来，然后带回东京去呈现给你。在爱情里的人，甜蜜的思念压抑不住，企图取悦对方的尝试也压抑不住。

不知这样是对是错，只知道在寻觅这些甜品的时候，我的心可能比糖果更甜。这就足够了。

二十二日　合群

习惯了一个人旅行,偶尔夹杂在人群之中,感觉多有不便。想起这样一句话:"很多时候合群不过意味着迁就、牺牲和浪费时间。"

是有点尖刻的实话。

二十三日　过往

回到东京。许久未住的房间散发出空气凝滞的气味，让我隐隐间有些生疏感。看到一张陈旧的报纸摆在餐桌上，它来自遥远的异国，来自你的故乡。

报纸的文字我不能读懂，但依稀辨识出日期是两年前的 4 月 23 日。那时的我可能平静又无聊，正在办公室里草拟空洞的文稿。而你则可能在炎热的国度，穿过嘈杂的街市为家人置办节日前的货品，也许只是匆匆赶去与某个老友相见叙旧。这样平凡的一天，在我们的生命中悄然滑过。我不曾预想自己在两年后的某一天，面对着报纸一角的日期，会产生如此复杂的感慨。

窗外有蝉声，雷雨将至。

二十四日　大岛民宿

搭乘快船，四十分钟就能到达伊豆大岛。浓云笼罩的岛屿，海风强劲。事先预定的民宿老板站在码头上等候我，他皮肤黝黑，身材矮小却精壮。

民宿是传统的日式风格，进门脱鞋，玄关上悬挂着家庭合照。女主人前来热情相迎打招呼，然后夫妻二人安顿我到楼上的小房间入住休息。

半小时后，老板在楼下招呼开饭，声音直透和式门扇。晚饭后我在附近的街巷散步，身后忽然响起匆匆的脚步声，回头看还是老板。他头上顶着湿答答的毛巾，看来是刚刚泡完澡。从表情和身体语言中我猜到，他是前来寻找我，并招呼我回去洗澡。

在陌生的伊豆大岛，像个孩子似的被人关切照顾，我有些不习惯。

二十五日　方向

大岛上海风强劲,海边的风向标摇摆不定,我试图分辨方向。

但其实辨别东西南北于我并无意义。流浪在路上的人,听从命运的指引,方向又有什么所谓?

二十六日　黑沙滩

在大岛黑色的沙滩上,我留下深深浅浅的脚印。

这里曾是我设想与爱人同行的地方,但如今却独自前来。满心记挂的人,与我隔着面前的这道海峡。也许他此时正在阳台上眺望东京湾,也许不过是在厨房里为自己烹煮晚餐。也许是在思念我,但也许只是一如寻常,什么都没有想。

望着大岛的黑色沙滩,我的心情和海潮一样起落。我愿他思念我,也愿他在没有我陪伴的时候依然平和快乐。愿他晚餐好胃口,也愿他在餐前的祷告里想到我。

思念的滋味啊,真是难以形容。语言无力,我拿出相机,拍下一张色调暗淡的照片。

二十七日　叶

伊豆大岛到处呈现黑色，是因为 20 多年前一次剧烈的火山喷发。那次喷发时，蔓延全岛的岩浆几乎摧毁了一切生命。如今岛上的树木都是喷发后数年才逐渐生长起来的，最大的也不过碗口粗。

民宿老板说，20 年前喷发的火山曾使他面临巨大的心理挣扎：是离开这片焦土一般的家园，还是艰难地在火山喷发后的废墟上重建？最终他选择了在废墟上重新建起自己的民宿，并通过每日打渔维持生计。如今夫妻俩的脸上看不到当年失去家园和全部财产的凄楚，洋溢的是乐观和安然。

在海滨，我看到一丛漂亮蓬勃的绿叶。如果忽略背景的黑色熔岩，我不会知道它的生命曾经如此艰难。

二十八日　蛰伏

在海边迎风而坐，觉得疲惫。内心的孤独寂寥似乎千言万语诉说不尽，无法找到准确的言语描述。

孤独是人类自身携带的远古病毒，我们无法根除，唯一能做的是让它蛰伏。

二十九日　死亡

天阴欲雨，在大岛的海滨散步。黑色的砂石上有渔民留下的破败渔网，网中间是一条干瘪的鱼，已经死去多日。

银灰色的鱼，嘴微张，被红褐色的渔网碎屑包围，环绕它们的是黑色的石子。这是关于死亡的场景，却有一种异乎寻常的美。

死亡是一个禁忌的话题，然而任何生命的开端都必然导向死亡的结局。死亡是旧的终结，也是新的开端；死亡可以平顺自如，也可能痛苦激烈。眼前的这条鱼是如何告别生命的，我无从知晓，但它留给这个世界的美我可以捕捉。

而这一切，都与它无关了。

三十日　白色花朵

年少时热爱缤纷的色彩，曾经描述自己的摄影风格为 colour chaser，那时的我追逐一切艳丽的颜色。

但随着年龄渐长和阅历丰厚，我却越来越钟情于构图简洁和对比明快。在大岛上看到这　丛白色的花朵，开得有些倦怠和颓废，似乎即将凋落，但映衬着背景灰色的云朵和黯淡的海面，它们又是如此纯洁美丽，洋溢着生命的张力。

三十一日　椿

大岛上生态贫瘠,物产匮乏。除了渔获之外,特产便是岛上遍植的椿树。

隆冬之后,椿树渐渐开花,那是这个岛屿最艳丽的时节,其后果实成熟,岛民将椿树的籽实榨油。岛上不多的几家纪念品商店都售卖与椿树相关的手办,我没有购买色泽艳丽的椿花图案手工艺品,只是在朴素简陋的作坊里买下一瓶手工榨取的椿油,作为与这个岛屿告别的纪念。

八月　葉月・迢迢

八月叶月,东瀛的传统是离家出门。我在暑热难耐中前往青森和京都。

青森位于本州岛最北端,我在那里迎接日本东北部最著名的睡魔祭。暑热最盛时来到京都,这座历经千年繁华的古都,成为对东瀛最后也最绚丽的一瞥。

回到东京后,即刻迎来回国的时分。告别,成为这个月不断回旋的关键词。告别之后,是长路且行且远。

- 青森
- 睡魔祭
- 际会
- 金阁寺
- 艺伎
- 京果子
- 再见

- 台前的人生
- 青春
- 安稳
- 下鸭神社
- 清水寺
- 背影

- 长寿之泉
- 冷眼
- 京料理
- 平安神宫
- 风铃
- 鸭川畔

- 甜蜜
- 花火
- 命定
- 密林深处
- 茶碗坂
- 京都的房屋

- 仪式
- 京都
- 二条城
- 祇园
- 一个人的清酒
- 欲雨的告别

一日　青森

整整十二小时的夜行巴士，穿越长长的本州岛。黎明到来的时候，我抵达青森。

这里并非著名的旅游目的地，在当地人心目中也算是充满乡土气息的小地方。民风淳朴，方言难懂，满城遍开紫阳花。

最著名的特产是苹果，车站旁的小店出售各种颜色和大小的苹果鲜果及果干，也有农户将自己的收成摆在路旁无人照看的小摊，一枚标价150日元。果子摆放得整整齐齐，不知何时光顾过的行人留下的钱也整整齐齐。

前来此地是为了东北地方最著名的睡魔祭。传说举行睡魔祭是为了在最炎热的季节驱走妨碍勤勉的睡魔以及人们的懒散之心。这个海边的小城，将在五天内迎来二十万人的大狂欢，然后再瞬间归于平淡。

二日　台前的人生

青森果然不负其名，处处是茂密的丛林。车行两个小时后，同行的日本友人在林间的溪流边把车停下，让我们小憩观赏片刻。这样高的纬度，气候苦寒，如此茂密的丛林不易得。

一束光线穿过层层叠叠的针叶树，落在我身边的羊齿植物上，如同舞台的追光，照亮一束蓬勃的枝叶。这支羊齿蕨，一如被推到台前的舞者，将所有的目光吸引于此。

许多人的生命亦如同这被照亮的枝叶，被命运的机缘推向台前，不复是平凡的芸芸众生。只是有人享受被聚焦的幸运，而有人在被关注时则是万般不自在。

对于命定的台前风光，不知这支羊齿蕨作何感想。

三日 长寿之泉

蜿蜒盘旋的公路边人流熙攘，因为这里是著名长寿之泉的所在。泉水被分成一股股潺潺流出，泉边摆着众多整洁的小杯。

据说每喝下一杯泉水便会增寿十年。人们嬉笑着来取泉水，有人喝了一杯又一杯。是啊，谁不喜欢绵延无尽的生命？谁不希望在这世上的时日能够多些再多些？我不知身边意兴盎然的人们是否想到，生命的长度并不等同于广度和深度。如果生命只是绵延漫长的时日而缺乏宽广与深刻，这样的生命又如何值得期待？

站在长寿泉边，我默默思考：这泉水昭示的是生命终极的意义之一，面对人生，我们要的究竟是福寿绵长还是博大丰富，是需要想一想的问题。

四日 甜蜜

在十和田湖畔看到一对情侣,女孩在男友的镜头前,尽情展现最甜美的一面。远远看着他们,我不禁会心一笑。

美好的爱情是人类最大的希求之一,却也是最短促的情感之一。爱情的发端总是酣畅甜蜜,但初始的吸引力和过程中的浪漫,却不能必然导向一段长久安稳的关系。关系不可延续之时,当初所有的浪漫甜蜜,都构成黯然神伤的理由。所谓"相爱容易,相处太难",是几乎每一段艰难情感的缩影。

十和田湖边的这对情侣,尚沉醉于爱情中最甜美的时分。我在心底暗暗祝福:且让他们珍惜,且让甜蜜久长。

五日　仪式

　　夕阳西垂，盛大的睡魔祭即将开始。来自四面八方的人们换好了服装，列队肃立，静静等待庄严时刻的到来。身处观众席的我也感染了庄重的气氛，不禁正襟危立。

　　再次深深感受到日本是一个极其重视仪式感的国家，每个季节都有相应的祭或纪念日，而每一个特别的时刻也都有相应的仪式安排。庆祝祭或纪念日的人们，都要遵从既定的程序安排并最大限度地将自己融入其中。经历这样的时刻，人们都能分外感受到仪式的重要，它会产生相辅相成的动力和约束，让人脱离自我的狭隘和孤立，融入团体和规范。宏大的仪式和严谨的程序，宝相庄严和恢宏肃穆，使个体摒弃过于私人的情调，体验到归属感和荣誉感，并通过不断地内化与重复，最终变成一个民族的气质而长久留存。

　　这也许是日本民族性格的来源之一。

六日　睡魔祭

睡魔祭的壮观超乎我的想象。

夜幕降临后，整个青森忽然华丽变身，从一座乡土小城化身为流光溢彩、鼓乐齐鸣的华丽舞台。从城市的各个角落涌出源源不断的盛装人潮，与百余座硕大的彩灯花车一起，瞬间填满了大街小巷。

睡魔祭的组成部分有二："组大灯"和"跳人"。所谓"组大灯"，就是武士造型的灯车展示，主要人物为牛若丸和弁庆（牛若丸是镰仓时代初期源氏家族武将源义经的乳名；弁庆原是破戒武僧，后被源义经驯服，成为其家臣）。当地的著名企业和几乎每一个社区都会精心设计制作自己的灯车前来参加展示。而"跳人"则是睡魔祭的高潮，是全体青森市民的一场盛大游行，是伴着鼓乐的壮观群舞。

这个夜晚，在华光四射的灯车后，我和青森民众一起，用歌舞狂欢驱走了倦怠。

七日　青春

睡魔祭最吸引人目光的方阵，毫无疑问是由年轻女孩们组成的 cosplay 队伍。夜色中载歌载舞的少女，青春逼人，活力也逼人。也许装束略显怪异，但她们身上大把的青春就足以让一切变得合情合理。年轻，是美和活力的源泉。

我冲到她们的队伍前，近距离拍下一张青春洋溢的照片。

八日　冷眼

　　睡魔祭的方阵中必不可少的是鼓乐队伍。鼓手多是身强力壮的年轻男人，而演奏长笛和尺八的乐手则几乎都是女子。她们的年龄或长或少，演奏的乐曲也或激越或悲切。

　　她吹奏着竹笛经过的瞬间，一束灯光恰好打在脸上，灯光下她的眼神让周遭的氛围如同凝固。那是一双似乎洞悉一切的眼睛，那是一种旁观到疏离的神情。

　　眉目清洁、样貌较实际年龄稍显年轻的人，是岁月不曾尽力侵蚀、尚未被无常蛀害的幸运者。而有着她这样犀利眼神的女人，一定不会是甜美的年轻女子，必定是走过情感的长路，见识过悲喜，体味过甘苦，最后修成冷暖自知且睿智清醒的女人。她额头眼角的刚硬皱纹和坚定清澈、略带寒意的眼神，是洞悉命运又不断抗争后留下的痕迹。

　　我举起相机时，她已稍稍走过我的面前。但那冷冷的一瞥，一直留在我心上。

九日　花火

睡魔祭的结束是盛大的花火演出。在青森码头，人们铺展纳凉的席布，轻摇团扇，在夜幕中观赏光影璀璨，欢呼和掌声不绝于耳。

漫天盛放的焰火缤纷绚烂，我却为绽放间隙笼罩天空的黑暗动容。曾经有过片刻的绚烂，愈发衬托接下来夜色的深沉。就如同人际之间，激情总像是短暂的花火，不能抵抗时间的侵蚀；性情和智力水平的相当稍可持续，但也无法成为恒常不变的理由。当一切不可避免地走向黯然隐没，便是道别之时。

花火熄灭的时分，也便是我向青森、向睡魔祭道别的时刻。

再见，青森。

十日　京都

到达京都时是正午，气温 36 摄氏度，阳光炽烈，大朵的白云从京都车站的玻璃幕墙旁疾速掠过。

这座城市给我的第一印象是陈旧和凌乱，似乎与期待中那座荡涤千年的静谧古城毫不相关。站在艳阳下，不是没有迷乱和失望，我深恐对京都长久以来的期待幻灭。

但也许这些幻灭来自于心底时刻不停的急迫。我总是走得太匆匆，不给时间以信任，也不给自己以耐心。总是期待在事物开始的第一秒便窥探到最后的结局，是对自己的不信任，也是对命运伟力的挑战。

这样释然的念头生起后逐渐心意安稳。登上开往市区的 100 路巴士时，我的心情已然平静。

京都，也开始一点点向我展示出它的美。

十一日　际会

　　银阁寺前的街巷熙熙攘攘，转角就是著名的哲学小道。登上寺后的小山回望，苍翠掩映的古旧之城就在眼前。

　　兜兜转转中发现的商铺为我带来惊喜。点心店免费提供冰凉的抹茶，伴着试吃的生和果子，入口很相宜。各种京都渍物都比想象中美味，口感不咸，食材的本味得以很好地保存。漂亮的茶碗排列在笸箩里，有阳光从斑驳的屋顶透下，光影很美。

　　这样的时分来自因缘际会，无可预期，却超乎期待。

十二日　安稳

离开清水寺两站外,是净琉璃名篇歌咏过的三十三间堂。云彩连接成片,遮挡日光,阴翳的光线微微透过和式门窗,室内更显昏暗,密不透风的空间弥漫着檀香和木香。走廊悠长精致,殿内观音和天王雕像林立。

西本愿寺规制宏伟,山门古朴高大。黄昏不时有骤雨落下,阿弥陀堂前有人群闲坐避雨。这一夜,我投宿寺后的闻法会馆,在这地道的和式酒店里,属于我的是一间九叠榻榻米的小室。

经过酷热和疲劳的一天,没有什么比清凉无扰的睡眠更能带来安稳的慰藉。

十三日　京料理

在京料理店"万重"吃晚饭,是一天来唯一的正餐。

体贴的店员为独自前来的我推荐名为"梅"的套餐。极为清淡,突出的是食材自身的味道。出乎我意料的是京料理对紫苏的倚重,无论是渍物还是鱼生,甚至于桌上的调味盐,都有紫苏浓郁的香气。为了安抚自己的疲劳,我加点生啤酒一杯。

天色完全转黑后回到酒店,换上素雅的浴衣,怀抱一大一小两条浴巾,我和日本人全无二致地去泡温泉。没有等到传说中女将的铺床服务,于是自己拉开壁橱,铺好敷布团。房间的冷气很足,我裹紧棉被,将脸颊紧紧贴在沙沙作响的枕头上,沉沉睡去。

十四日　命定

淡淡的光线自和式窗棂透入，是明暗不定的微雨早晨。四处寂静，西本愿寺的早课已经结束，向游人开放的参观尚未开始。黎明的光线伴着啁啾鸟鸣，我开始在京都的又一天。

清早的洛东行人寥寥。这座方方正正的城市，一如千年前的长安。穿越历史的荡涤，它见证过曾经的战乱衰败，也迎来如今的安稳富足。城中无数人的个人史汇合成这座城市的历史，城中无数个波澜不惊的日子幻化成历史的风云诡谲。没有人能够轻意改变这座城市的命运，无论是将军还是大名；但每一个人也都在不知不觉间改变这座城市的命运，无论是世代传习的艺妓还是匆匆经过的我。

十五日　二条城

太早到达二条城，开放的时间还没到。我沿着城廓兜转，看到护城河中角楼美丽的倒影。

这里是十五代幕府将军的住所，见证了日本前现代时期的全部历史。

黑书房敞阔的部屋内有精美的题绘，即使历久依然耀目。作为二百多年里日本的政治中心，黑书房称得上气宇轩昂。

从黑书房到白书房只是一个回廊转角的距离，气氛却陡然不同。遥想百多年前，内侍们自黎明前就跪在白书房廊前，等候服侍将军；其他的臣僚则在朴素暗淡的房间中度过议事前的惶恐不安。

黑书房里，将军和老中大臣们议决天下大事。数十步外昏暗的小房间里，天皇派来的信差正在焦急地等候生死攸关的通知。

历史就这样游走于刀刃之上。一侧是张扬，另一侧是忐忑。

十六日　金阁寺

金阁寺，游离于京都密集的佛寺区域之外。

早就被三岛由纪夫的文字感染，也看过不少关于这座寺庙的美丽照片，意念深处对它的盛名颇有些准备。但当我绕过照壁和竹篱，突然面对一池之隔的金阁时，震撼之美还是瞬间摄住了我的魂魄。

薄阴天气里，这一壁的金色令世界登时璀璨。就连水中金阁的倒影，都在绿衣映衬中放射光华。

终于明白世间有种难寻之美，经得起时间的熬煎，也不因任何歌咏或贬损而变更分毫。

十七日　下鸭神社

下鸭神社掩藏在街巷背后不起眼的地方，踱步进去才发现别有洞天。

遍铺碎石的庭院里，深褐和朱红的建筑交相映衬。屋檐外陈列着附近社区前来献祭的物品，也有推着婴儿车打发下午时光的家庭主妇走过。我端着沉甸甸的相机，在空阔的廊下伫立。天有点阴，风吹过，长长的裙摆拍打着我赤裸的小腿。

下鸭溪蜿蜒流过。和身边前来祈福的人们一样，我脱下鞋子，将双脚浸入冰凉清澈的溪水里。

一个人走了这么久，该歇歇了。

十八日　平安神宫

平安神宫端然大气，巨大的鸟居树立在京都美术馆之前，细碎的白色石子遍布庭院，午后的阳光倾泻直下，朱红色的建筑耀眼夺目。

我站在刺眼的光线下，有些无所适从，悟不透是什么样的机缘，让我一路前行，走过生命中的漫漫黑暗和阴雨霏霏，然后平静安然地来到这座耀眼夺目的神宫前。

远处传来参拜人群祷告之后的击掌声，还有神女们匆匆走过时木屐发出的声响。一位衣衫素雅的老者走近我，对我手中的相机赞叹不已。日语不力，我隐约听到，他赞叹的还有我独自一人远行的勇敢。

无语应答，我只好微笑着向他鞠了一个躬。

十九日　密林深处

穿过弯弯绕绕的小道，沿着琵琶川拾级而上。一路经过数家隐秘在古旧庭院中的高级料理，无一例外都是经营汤豆腐的老店。了解京料理就会知道，密林深处的南禅寺便是京都汤豆腐料理的发源地。

南禅寺古老的山门并不十分气派，但经过曲折道路后看到大殿的一刻，身心还是有很大震撼。宽敞的步道，高大的屋檐，伴着密林中不时传来的鸟鸣和山泉的潺潺，让这座寺院更像是属于千年之外的唐宋盛世时的中国。我坐在满是青苔的石阶上，不觉就起了思乡情怀。

晚餐点了名为"西阵"的京料理，等待上餐时就喝下大半杯啤酒。酒意、倦怠和乡愁纷纷袭上心头。

终于落下泪来。

二十日　祇园

傍晚前来到祇园。

整个京都如同一座停留在千年之前的城市，被灰褐色的历史深深掩埋。在黯淡和古旧的背景中的一抹亮色，便是灯红酒绿的祇园。

看似繁忙平常的商业区，走入其中却会被它的美深深折服。鸭川岸边有鳞次栉比的餐厅，满是喝酒寻欢的人们。转入小巷，忽然就看到极具风情的花见小路。一间间京都料亭各具特色，数百年历史的老店在夜色中展现光华。

恍惚间不知今夕何夕。身边走过的是摩登现代的红男绿女，但这一砖一石、一屋一室却又与千百年前全无二致。时空在这里模糊难辨，我能做到的唯有静心体察，然后无声地按下快门。

华灯初上的先斗町活色生香。西方面孔、好奇张望的游客和领带松开一半、脚步踉跄的醉汉填满了整条巷子。远处传来的木屐声令空气微微凝固，昏暗中，盛装的艺伎擦肩而过。只是惊鸿一瞥，却被她的神秘端庄彻底征服。

二十一日　艺伎

专门搭车前往花见小路和四条通，在细长的小巷里慢慢穿行，为的是一睹艺伎的容颜。

艺伎，这是一种多么矛盾的存在。她们是艺术家，是男人的知音，是美艳无比的尤物，也是听话顺从的女人。她们是男权社会里完全以服务男性为职业的产物，但多年的艰苦训练和高雅的艺术品位又使她们保持了商业价值之外的独立性。她们迎合男人，却又不属于任何男人。消费艺伎服务的男人，也许能够感到片刻的满足，但同时在心底也深深明白，这些精灵般的女子，她们的一颦一笑全是发乎钱止乎金，自己不能得到除规定服务以外的一丝一毫。这是造就了艺伎制度的男人们的悲哀。而那些经过严格训练、玉汝于成般实现了自己最高价值的风雅女子，将难以委身下嫁，只能寂寥终老。这是艺伎花魁们自己的悲哀。

在艺伎身上，承载了商业、文化和两性中错综复杂的关系。

正如此想着，身后突然响起急促的木屐声。一名盛装的艺伎匆匆经过，想来是要奔赴某个声色犬马的所在。心底有点隐隐的怜惜，于是她的美艳在我的镜头里也沾染了悲情的成分。

二十二日　清水寺

前往音羽山要走过悠长的小巷,地势起伏,蜿蜒向上。到达清水寺时,汗水已经打湿我的衣衫。

清水寺的大殿古旧昏暗,硕大的金色灯台分外醒目。大殿前的"舞台"悬空而立,气势不凡。也许和风美学的核心就是悲剧性,如此壮观的广大露台,在日本文化中的体现竟是一句:"清水の舞台から飛び下りる。"从这个舞台飞身而下,该是怎样的决绝与悲切?

殿后的山上有风,阳光刺眼,远远望见音羽之瀑下排队盛接泉水的人们。来到这里的每一个人都有愿望,有人希望借助音羽泉水得到健康,有人希望在殿前的御手洗处实现欢喜,更多的人将隐秘的愿望写在纸片上后捆绑在青铜风铃,祈望流逝的清风让它们成真。

我想自己应该没有更多的欲求,能够平安走过漫漫长路,来到梦想之地,并在一个人的旅途中心意安然,已经足够。

在下山的路上看到了最动人的祈愿。铁网后的林地上,有人在木牌上端庄地写下两个字——天真。

二十三日　风铃

清水寺大殿的走廊上悬挂了无数的风铃。风起时铜铃交相摆动，发出阵阵或清脆或压抑的声响。大殿里的风总是来来去去，于是风铃就异常繁忙，几乎无一刻宁静。

站在走廊里凝望了许久，听风铃轻响，看风铃下悬挂的祈愿纸条起起伏伏。我的心，就像这些风铃下的纸条，遇到的人和经过的事，如同这走廊里的风，让我的心绪片刻不得宁静。

凝视这些翩翩飘飞的纸片，仿佛看见自己灵魂的样子。走过的每一座城市、相伴过的每一个人，都流进血液里，汇集成了现在的自己。我在行走中观望世间百态，并窥见自己的内心。我的拍摄不仅撷取光影鳞爪，也记录下探索灵魂的历程。

二十四日　茶碗坂

茶碗坂上人流熙攘。天气炎热，汗水渐渐让手指粘滑，对焦和按动快门时我有些紧张。

但也许这紧张是来自长久以来内心的不安定感。

站在京都八月的艳阳下，身边走过的都是陌生的面孔，操着我所不能明白的语言。故乡和至亲远在数千公里之外，曾经熟悉的生活已经湮没在时间的流逝中。眼见世间无定，多少次心生惊惧，那些曾经以为是亘古不变的，瞬间就幻化为不再相识。

作为一条蜿蜒起伏的商店街，茶碗坂上林立着大大小小的店铺。许多店铺售卖京都本地的手制瓷器，其中京都名物清水烧茶碗尤多，便是这条街名称的由来。日影斑驳，透过搭在屋檐下的竹帘洒落一地。眼前精美的手作工艺历经时光考验，和数百年前一样，呈现出静谧风雅之美。

也许我的动荡感太过牵强。世间确实常现变局，但也必有跨越时间和空间的恒久之物。就如这些开在曲折小巷里的古旧店铺，历经千百年，依然以沉静之心来制作与售卖。

二十五日　一个人的清酒

在传统的京都餐厅,灯光昏暗,一个人就餐多有寂寥之感。犹豫再三,我还是点了一壶清酒。

来日本后渐渐学会享受小酌的乐趣,家中冰箱和餐柜里总有些酒精饮品。很多时候,晚餐用梅酒或清酒作伴,有时甚至早餐就开启葡萄酒的瓶塞。喜欢略有些青涩感的清酒,坐在廊下配一盏冷奴豆腐极为登对。也喜欢有些清甜的梅子酒,加冰或不加冰都很美味。

也不是没有担心过于沉迷,但片刻的欢愉总是难以抵挡。酒精带来的是一种自我迷失,是一种在血液里隐隐跳动的热烈。孤独了太久后,片刻的迷失和热烈就如同漫漫长路中的休憩之所。而且这样的欢愉,似乎也并不需要付出太多代价。

如此稳定的快乐需要珍惜,于是给了自己一个安心的理由沉湎其中。

二十六日　京果子

不经意间走过京都著名的点心铺子。这里太过著名,凡是来过京都的人可能都对这里的伴手礼有些印象。

数月之前身处东京的我也曾收到过来自这里的礼物。那时赠礼的人对我怀有满心的温情与爱意,所以带来的点心也分外甜美。但任何人际间的热烈甜腻最终的走向可能都难逃时间的淬炼,离别总是不由分说地到来。

站在这间点心老铺前,我忽然觉得心里酸楚。彼时那个满怀爱意为我购置甜蜜的人,和如今默默无语回忆前尘往事的我一样,都怀揣一颗真挚的心。我们想要给予对方的,都是我们心中满满的甜和爱。只是时机不对,他到得比我早,离开得也比我决绝。站在这同一间点心铺子前,我们相隔的又岂止是数月的时光?我们曾经走上同一条路,但他来时我未抵达,他走时我亦不知。错误的 timing,让意想中的甜蜜变得酸涩。

于是我快步走过这家店铺,没有回头。

二十七日　背影

银阁寺旁的商店街出售各种京都纪念品。我慢慢走过每一间铺子，细细观赏属于京都的小物风情。每一间店铺都有独到的风情，这也是京都的魅力之一。

在某个街角的转弯，看到商店外悬挂着精致的手工装饰。手作的布艺穿成风铃状，在微风之下轻轻摇动，鲜丽的色彩与古旧的背景构成强烈反差，我举起相机想拍下眼前的对比。但就在按下快门的一瞬，几乎所有的小物忽然都背转向我，微风也瞬间停息，于是我拍下的全部都是背影。求之而不得，人生苦事之一。这难道是一种宿命的暗示？

我决定留下这张满是背影的照片，接受命运的安排，放弃再度拍摄的尝试。

二十八日　鸭川畔

鸭川是京都的母亲河。

我搭乘公共汽车在河原町通下车,被商店街的游客和购物的人流裹挟前行,在四条大街的交叉口举目张望。古旧的大桥下一片开阔的河景,便是著名的鸭川。

这条流经了全部京都历史的河流,承载着无数事件的风云诡谲和命运的起伏跌宕。与想象的激越壮阔不同,眼前的鸭川更加平坦开阔,也更加和缓温婉。

碎石铺成的河堤旁,鳞次栉比的都是和式餐厅或居酒屋。我到达的时候正是黄昏,暮色微微笼罩在鸭川上。两岸蜿蜒分布的餐馆被食客坐得满满当当,举目望去似乎都是身着白色衬衫、解下了领带的上班族。他们也许刚刚结束一天的工作,来到这里喝酒消遣;也许是为了宴请重要客户,正在等待艺伎穿过大街小巷前来奉陪。划拳行令声充斥了整个鸭川,但若以为这条京都的母亲河就是如此的喧嚣嘈杂、浮光掠影,那可绝不尽然。在餐厅和居酒屋之外,鸭川河堤的碎石路边坐着一对又一对的恋人。他们大多衣着朴素神情平淡,长久相依却不发一语,只是静静面对河水和时间的流逝。

这条古老的鸭川,见证着繁华嘈杂,也见证着静默安然。

二十九日　京都的房屋

京都的夏日气温很高,也有些潮湿。但不妨碍这里云朵饱满洁白,天空湛蓝澄净。

走过一条条古旧的街道,我总是分外感动于那些或精美或古旧的房屋。有时我会站在檐下,看风铃摇摆,看牵牛花蔓延枝头,看主人精心搭建的竹帘草帘遮挡烈日。

感动于这样的生活情趣,也常常想象:生活在这样室内的人,会过着怎样的一种生活?也许他们和我一样,也有着不愿外示的孤独?也许他们和我一样,也曾经走过漫长的旅途?

但我们之间不同的是,他们如今选择的生活状态是静谧安然,而我却仍须踏上未知的长路,面对或是动荡波折或是激越丰富的人生。

三十日　欲雨的告别

离开京都时天阴欲雨，浓云重重地压在天际。到达车站的时间有点早，我登上京都站的最高一层，俯瞰这座带给我很多美好记忆的城市。

大半个京都在眼前铺展开来。我惊讶地发现，站在这样的高处竟然看不到一点历史的气息。那些我曾经穿越的古旧小巷、年代久远的店铺和精致的寺庙，忽然统统消失不见。此时的京都在我眼中，只是一座整洁有序的现代城市。

不能说没有失望，但这也许就是命定的安排。那个在历史里沉沦起伏、流光异彩的千年古都，最后也不过是隐隐归于现代化的平淡。明白了这些，我知道，我向京都道别的时刻到了。

再见，京都。

三十一日　再见

搭乘新干线回到东京。听到熟悉的东京站站台音乐的时候，我觉得放松，如同游子归家，又如同灵魂找到了居所。我知道，东京这座城市已经融化进我的血液，构成了我的精神气质。

但分离的时刻马上就要到来，如同夏天已经慢慢进入最后的几个小节，秋凉终将降临。我对东京的留恋，也如同悠然甜蜜的旋律，终有收音之时。

我爱东京，不仅仅因为曾在这里生活，更重要的是，这座城市在我身心疲惫之时，带给了我巨大的疗愈。在东京，我见识了世界广阔，体味了人情冷暖，并在阅历中重新认识了自我。来到东京之前，我对这座庞大摩登又冷淡疏离的城市茫然不知，如今一年过去，这里亲近得如同故乡。这座城市的充实紧张和雅致清逸，都构成了我人生永不再来的风景。

周六上午的羽田机场人来人往，候机厅新开的商店街和餐馆也熙攘热闹。

我把不大的行李箱送去托运，手握护照和登机牌，回望我即将告别的东京。这一天我穿着在日本购买的和式衬衫，化了和身边日本女孩无二的妆容，看起来我与她们几乎没有任何分别。但这里是她们永远的故乡，我虽曾经与她们分享过作为东京居民的荣幸，然而从今天起，这座城市将成为我的另一个异乡。

几乎是眼含泪水地在机场吃完了一餐回转寿司。寿司师傅站在操作台后，频频瞥我。他不知道，我伴着手卷和寿司咽下的是浓浓的离愁。依然记得初抵东京那天湿热的风，似乎与今

天的风没有分别,那时视线所及处处新鲜,如今 365 个日子过去,彼时的惊艳已全都化为我内心长久的回味。

世间的念念不忘,不外乎第一眼的惊艳和离别后长久的回味。我何其幸运,在东京一年的首尾,同时收获沉甸甸的念想。

是时候说再见了。

再见,东京。

再见,日本。